«*Nuestra historia es tal que de repente, los gente común se enfrentan con decisiones importantes para el cual los gente común en general no enfrentan.*»

(John Maxwell COETZEE)

Una mañana cualquiera del mes de agosto en París.

En el departamento de recursos humanos de esta gran compañía de comercio , Magdalena recién regresó de la licencia está leyendo sus mensajes de correo electrónico. Ella hizo una pausa para una taza de café con Sophie, su colega. Episodio por episodio desde el comienzo de la mañana frente a la máquina de café, cada una habla de sus aventuras y sus recuerdos de vacaciones. Para Magdalena, esto no era sus mejores vacaciones. Casi se arrepintió de las vacaciones de verano muy esperadas que le permitió unirse por primera vez su nuevo novio en su familia en el Lavandou.

Chica de buena familia Magdalena estuvo casada durante 20 años con un amigo de la familia, más viejo, rico y con autoridad. Habían seguido una vida sin incidentes pero terriblemente aburrido a pesar de los dos hijos que trajo al mundo, un poco por casualidad, cuando se reunió (en ocasiones) con su marido entre dos aeronaves. Esta vida casi inactiva, le dejó tiempo para cultivar su pasión por la filosofía. Lo que le amaba por encima de todas: las mujeres filósofos de la antigua Grecia, en general, y especialmente los de la escuela de Pitágoras, que se adjunta a filosofar acerca de los deberes de esposa y madre.

Desde el aspecto y el estilo de la vieja "Francia", Madeleine tiene el carácter que coincide con ella. Ella sabe perfectamente a mantener a la gente a una distancia respetable, aunque por necesidad después de su divorcio, se ve obligada a codearse con estas personas "normales" en este lugar de trabajo que odia por encima de todo. Sophie es la excepción que confirma la regla, porque era éste quien había puesto su pie en el estribo a su llegada a este negocio. Por lo tanto, Magdalena se siente un poco obligada a ponerse de pie y jugar a "la novia".

Los egipcios solían decir: "la cintura delgada es la mitad de la belleza." En cuanto a Magdalena, la otra mitad de su belleza se debe a esta indescriptible expresión, enigmática, casi difícil de alcanzar de su rostro, la forma que tiene, para encender sus ojos verdes como las almendras, como para significar su falta de humildad ante aquellos, que tienen la mala suerte de cruzar su vista, una especie de desprecio tranquila de la que tiene el secreto. Es extremadamente difícil para ella, al ser de otra manera, por necesidad, y en otra parte de algún tipo de protección. De hecho, no hay interés por ella, para tener un poco de compasión o sentimientos de amor y aceptación por los demás. Esto es por su naturaleza un lado, y por otro, porque ella no estaba programada para el más mínimo fallo, emocional o de cualquier otro tipo.

La separación de su marido, era el final de una larga historia, como todas las separaciones. A pesar de que estaba un poco afectada por este final de la vida en pareja (porque para ella, ella no estaba viviendo con un compañero), Magdalena no tenía el alcance de las consecuencias de su decisión de poner fin a su matrimonio. No se había medido la importancia de este tipo de vida tranquila que le impidió estar en necesidad.

Magdalena nunca ha amado con locura a su nuevo novio. Esto es en realidad un ataque al corazón sin un compromiso real. Durante años, tuvo que soportar la agonía de una supuesta dictadura sentimental junto a su querida Paul-Emile, amigo valioso y respetado de la familia. Ella lo amaba, tenía que amarlo, que era su marido y ella no podía hacer nada. Fue de esa manera. Desde su divorcio, la metamorfosis que se llevó a cabo en ella, lo cual la hace una mujer desorientada socialmente hablando, y su historia de amor con un hombre de quien, debe darse la vuelta, ha hecho que se siente un poco vulnerable y no se adapta a su nueva condición de la vida dentro de la sociedad humana de la que se alimentaba un rencor tenaz. Sin embargo, una fuerza irresistible lo atrae a Jeremías (el nuevo novio) y su condena a ser una víctima voluntaria, una forma de esclavitud que no se atreve a decir su nombre, lo que la obligó a vivir y comportarse como un animal con una correa. necesidades puramente fisiológicas? necesidad imperiosa de aliviar su personalidad desconcertante, y que ganar en la feminidad? O simplemente renunciar? En cualquier caso, su férrea determinación de no vivir bajo el yugo de la situación de la mujer obediente, no permite una maniobra fácil y más, que sale de un largo período de pseudo-libertad en la vida diaria a lo largo de su vida de casada. Ella condena los actos que crean las condiciones insoportables de la presentación a la que se ve limitada junto a su compañero Jeremy que ella ve sólo dos noches a la semana. Eso es más de lo que puede soportar en este momento.

Sin embargo, y a pesar de todo, estas reuniones bisemanales son una oportunidad para que se despertara y ser después de este largo período en el que el sexo era sinónimo de deber conyugal. Magdalena aprende a olvidar su sumisión a un hombre. Se necesita tiempo para retirarse de las servidumbres del pasado. Ella se entera de lo que es, la ternura, sensualidad. Ella ya no quiere esconder sus emociones durante su intimidad y ternura durante su unión con Jeremy. Poco a poco, se entrega con entusiasmo y placer. A ella le gusta esto. Ella vuelve a encontrar a sí misma, con avidez, pero ella está atento para no mostrar demasiado. Su cara fría, hace el resto.

Por su parte, Jeremy descubre a través de ella una "sangre pura", casi salvaje, muy entrañable, muy instintiva y una sensibilidad nerviosa. Sin embargo, no hay duda de domesticar ella, porque la fuerza es impotente para dominar el pensamiento. Su mayor deseo es "vivir" sin invadir ella, de una manera tranquilizadora. Es muy difícil. desafío insuperable en todos los niveles. La apreciación que tiene de la situación, la extrema fragilidad de su relación con Magdalena, le llevó a la cautela en sus debates de liderazgo.

2

Responsable del seguimiento de las carreras de los directivos de la empresa, Magdalena recibe todos los días, las personas cuyo tiempo es muy valioso. Entre todas estas personas muy ocupadas y importante, Carlos Edwards, franceso por su madre, irlandeso por su padre. Un montón de títulos (no saber qué hacer con), con el tiempo personal en HEC antes de unirse a la famosa compañía en la posición de prestigio del director de Europa. Decir que los dientes de Carlos Edwards arañar el suelo sería insuficiente: desposado con la hija del jefe, que es una de las personas más importantes dentro de la empresa. Él viaja en jet privado, que tiene su almuerzo en los restaurantes más chic. Está presente en todos los lugares de moda de la capital.

Este famoso lunes de llegar a su oficina, al igual que en cualquier buena serie estadounidense, Julia, su secretaria, le trae una taza de café negro, sus mensajes y le comunicó la programación del día. En la cita temprano por la tarde (cita ya se ha aplazado muchas veces) con Magdalena en el departamento de personal. Obligatoria, pero ¿cuál es el significado de este encuentro, si tenemos en cuenta que el futuro de Carlos Edwards se dibuja en letras de oro en la empresa, debido a su futura condición de hijo-en-ley del jefe?!

A la vuelta de la reunión del grupo que sólo viene a animar como todos los lunes, en presencia de varios jefes de los productos, Carlos Edwards se quita el puesto de color amarillo de la cita con el departamento de personal.

Instintivamente, se conecta a su ordenador, a continuación, se muestra la galería de retratos de la empresa y buscó el perfil de Magdalena. Desde el nombramiento de Magdalena en esta posición, que era la primera vez que Carlos Edwards debe conocerla. Ellos no se conocen entre sí. Para él, a partir de la idea que tiene de sí mismo, a causa de su elevada posición en la empresa y de su importancia dentro de la estructura, la cuestión inducida: es que para que se fuera con ella, o al contrario? Pensamiento a corto plazo, ya que de inmediato tomó el teléfono y ordenó a su secretaria proponer a Magdalena que la evaluación de carrera, se pasa en su oficina.

> **Julia**: «*Señor , y si por casualidad le gustaría saber por qué? »*

> **Carlos Edwards** : «*Bueno .... Por razones de privacidad. Ok? »*.

Carlos Edwards cuelga inmediamente.

Julia lo hizo y no tenía dificultades para convencer a Magdalena que, evidentemente, no tenía otro remedio que cumplir y que se prepare para hacer el viaje entre sus dos oficinas.

Profundamente molesto por este nombramiento que no decir nada con eso (como si fuera necesario hacer una evaluación de carrera, con un director general en la fabricación), Carlos Edwards agarra de nuevo el auricular, dudó un momento, y finalmente marcó el número de su novia.

Carlos Edwards :
«Géraldine?»

Géraldine: *«¡Si cariño! ¿cómo estás? Siempre nos encontramos al mediodía? »*

Carlos Edwards: *« Sí, pero tengo que estar en la oficina antes de las 2 de la tarde para mi evaluación de carrera. . »*

Géraldine: *« Con papá? »*

Carlos Edwards: *« no con el Departamento de Personal. »*

Géraldine: *« ... ¿Qué es esto? Evaluación de carrera. ? ... .. Ok, me llama papá. »*

Finalizar llamada.

Carlos Edwards se puso a trabajar para finalizar un nuevo proyecto que se presentará a la junta ejecutiva el miércoles por la mañana. Este nuevo proyecto es una idea de la gran patrono que debería permitir que se asiente un poco más de autoridad dentro de la estructura. Martes por la noche, ir a Saint-Cloud, para una repetición antes de la presentación oficial. Este plazo hace que sea muy nervioso, no debido a la complejidad del proyecto, sino por la pérdida de tiempo causada por la obligación de que se reúna Magdalena. Magdalena es parte del departamento de recursos humanos, este departamento depende directamente de la Dirección General de la empresa, dirigido por John, un inglés que se imagina a sí mismo el puesto de CEO en el extremo de la Presidencia actual. Además, aparte de su antagonismo histórico (Inglaterra - Irlanda) estos dos hombres odian cordialmente para un montón de otras razones tan diversas, que improbables, manteniendo de esta manera y para siempre sus rencores tenaces y mutuos.

Recuerde que Carlos Edwards fue reclutado en la empresa en contra de la voluntad de Juan, y esto es Francis, el propio presidente director general que había lanzado su peso en la decisión final, después de haber entendido que la notificación desfavorable expresado por su director general, no era objetiva. Por lo tanto, este fuerte apoyo en la parte superior de la pirámide, Carlos Edwards es cada vez más inclinados a abordar directamente sus informes al Presidente (que curiosamente no culpa), copiar a la DG y esto tiene el efecto de irritar este último punto más alto. Este día tras día hueco un poco más la brecha entre estos dos hombres, uno de juramento para tener la piel del otro, olvidando en su lucha que el poder dentro de la empresa, es una relación intercambio que comercia. Todo el mundo se está pegando a su ardiente deseo de afirmarse.

El objetivo principal de Carlos Edwards, es construir y afirmar su autoridad sobre la base visible, clara, indiscutiblemente reconocer y apreciar la importancia de sus altas capacidades profesionales, no (tanto en la estructura jerárquica a la que se era de hecho presentado por la firma del contrato), para cumplir con la obligación de "jugador de equipo", colocando deliberadamente y totalmente bajo la autoridad "benévola" del DG. Para él, el "juego de equipo" es a menudo (aunque no siempre) sujeta a una serie inevitable de riesgos e incertidumbres. Según él, desde el principio del tiempo, la jurisdicción está vinculado necesariamente al poder, no importa si él no consigue el apoyo del mayor número. Se sintoniza el Gran

Patrón: ¿qué podría ser más tranquilizador para el resto de su carrera?!

3

Después de media - mañana de compras en el hermoso corazón de París, shoping sesión interrumpida por la llamada de su prometido, Geraldine siente la ira crecía en su respuesta a esta llamada. Para ella, Carlos Edwards tiene una posición privilegiada en la empresa dirigida por su padre, a causa de su estado futuro yerno. Ella no puede obligarse a acortar su almuerzo con el argumento de que el personal que convoca a su prometido para una entrevista de carrera. No tiene sentido. Después de una breve llamada telefónica a su madre para decirle de su molestia y le permitirá compartir su deber rabia acortar su almuerzo, Geraldine se permitió una llamada telefónica a la oficina de su padre. Hay que decir que su única hija posición confiere un cierto poder sobre sus padres que no son mucho para limitar el ejercicio de este poder sobre ellos. Incluso se divierte cierta medida, especialmente su padre.

Géraldine: «*Hola, papá?* »

Francis: «*Sí, lo que pasa?* »

Géraldine: *«... Papá, te das cuenta de que lo llamaremos para una entrevista de carrera ... es el mundo al revés ....»*

Francis: *« Quien fue convocado? ¿de qué hablas? deja de gritar por favor !! .... ¿Qué pasa? »*

Géraldine: *« Carlos es convocado para una entrevista de carrera !!! ¿¿¿Te das cuenta???.... »*

Francis: « ¿¿¿Y entonces??? ¿Es por eso que tu me llamas? »

Géraldine (Sorprendida por la sorpresa de su padre, que no parece compartir su decepción) : «usted encuentra que es normal? de repente, se verá obligado a interrumpir nuestro almuerzo esta tarde .... Hacer algo papá !!! Por favor»

Francis: *«Escuchar Geraldine,*

*estoy muy ocupado, hablaremos
esta noche »*

Enfurecido por esta llamada telefónica, que no entendía Francis colgó y se reanuda el curso de su reunión.

Después de esta discusión climatizada con su padre acerca de esta entrevista carrera (discusión durante la cual su padre la llamó por su nombre y no por los sobrenombres habituales, que era la señal de una molestia verdadero hogar) Geraldine se derrumbó. El mundo se derrumba a su alrededor. Ella no entiende por qué su padre no se apoya en sus esfuerzos para cancelar esta cita y así evitar su almuerzo se acorta. ¿Que hacer? Ya que es muy amable en tiempos normales, no era para tomarse a la ligera en el final de la mañana.

El almuerzo temida sin problemas. Intercambiaron algunas palabras. Geraldine malestar era palpable y no ha permitido que se relaje. Su proyecto después de la comida, no era tan habitual en una sesión de bronceado en la terraza panorámica de un gran hotel, pero un movimiento a Carlos Edwards por un momento íntimo para dos

ACOSO © Nathanaël AMAH , 2016

personas.

De hecho, en las últimas semanas, Geraldine observar una cierta distancia o una cierta frialdad a su prometido. Este último siempre ha negado la importancia de esta repentina frialdad, simplemente alegando trabajo adicional causada por el nuevo proyecto de los que trata conducido por su padre futuro.

Sin mucho que admitir, Geraldine pensó seguro decir que, sin duda mantener el amor "perfecto" y garantizar un apego incondicional a ella desde su prometido. En su niña de papá simplista razonamiento, la perspectiva de un futuro todo planeado por Carlos Edwards en la empresa dirigida por su padre como director general, si la "fuerza" para colocar por encima de todo lo demás, proyecto estratégico o no , cansado o no, se trate o no .... No es su problema.

Vive muy mal lo que ve como una traición por parte de su padre, porque desde su infancia, Geraldine ha estado siempre muy unida a su padre, muy cerca de él. Ella le da una confianza ciega. Ella era caprichosa ni

ACOSO © Nathanaël AMAH , 2016

inmanejable. Su apego a su padre, proviene del hecho de que no haya conocido o experimentado la estrecha relación que existe normalmente en casi todas las familias entre madre e hija. Depresiva crónica, su madre había llegado a instalar una cierta distancia entre ella y su hija. El universo diaria Geraldine resumió esta rondan el austero despacho de su padre o para estancias más largas en el parque con su niñera, una mujer de las antillas, reclutada poco antes de su nacimiento.

Esta mujer caribeña, siempre ha sido parte de la vida de Geraldine, que jugó bien a pesar de ello, el papel de las alternativas madre y confidente. Ella le enseñó a ser una niña, un poco como las madres del Caribe a saber, la ignorancia de todo lo relacionado con el cuerpo y la sexualidad, excepto lo esencial. Ella le había enseñado a orar. Ella le había enseñado a creer en Dios. Ella le había dado la fuerza de la supervivencia y la resistencia, probablemente, el resultado de la enseñanza transmitida por un gran esclavo abuela. Hizo todo lo posible para armar y preparar a apreciar o hacer frente a las vicisitudes de la vida.

Su complicidad fue completa, hasta su salida para el Caribe para una jubilación bien merecida.

De vuelta a casa, Geraldine, que todavía está enojado, ir a su habitación y espera la llamada de su prometido. Se seca una lágrima. Ella utilizó su viejo osito de peluche con fuerza contra él. Ella parece perdida. Tomó el marco que contiene la imagen de la antigua niñera de las Antillas, como para el asesoramiento. Pero ella vieja Caribe se devuelve a las Antillas, hace mucho tiempo. Ella se enfrenta a sí misma. Pone el marco de la cama, se puso al lado de su cabeza y se quedó dormida.

4

14:00 precisa. Magdalena está en la puerta de Carlos Edwards, oficina 512. Una última verificación del contenido de la documentación de evaluación de carrera, seguido de un ajuste final de su traje azul marino. Magdalena llamar a la puerta y se sorprendió al ver la puerta abierta delante de ella. Carlos Edwards (bronceado, pelo recién cortado, sus rasgos faciales marcados , visiblemente cansado, de pie frente a ella, la corbata ajustada, pantalones de franela gris, el azul cielo chaqueta recta cerrada en los primeros botones), tiene la bienvenida.

Carlos   Edwards   : (Cortésmente) «*¿Buenos días señora, que tal está usted?* »

Magdalena: «*Muy   bien, gracias, ¿y usted?* »

Carlos Edwards: «*... Un poco abrumado pero eso está bien. Por favor, entrar y* *sentarse. »*

Magdalena se sentó en la mesa redonda de cristal ahumado, situado detrás de la estación de trabajo. Carlos Edwards se une con una libreta en la mano. Se desabrochó la chaqueta y antes de sentarse, le ofrece una taza de café que Julia había preparado unos minutos antes de la entrevista.

Magdalena: «*Sí, me gustaría una taza. gracias* »

Carlos   Edwards   : «*¿Azúcar? ¿Leche?* »

Magdalena: «*Un poco de leche, pero sin azúcar, por favor.* »

Carlos Edwards hizo y le trajo una taza de café con un chorrito de leche.

Magdalena:«*Muchas gracias*»

Carlos Edwards: «*¡Te lo ruego! Hermoso verano no es?* »

ACOSO © Nathanaël AMAH , 2016

Magdalena: «*Sí, un poco cargada*» ella respondió de manera cortante y sin detalles.

Momentos más tarde:

Carlos Edwards :
«*Bueno! ... Podemos empezar si lo desea.* »

La frescura legendaria de Magdalena no fue suficiente para que él sea un bastión seguro y protector contra cierta aprensión por Carlos Edwards que ella conoce por la primera vez. Para ella, se trata de una situación totalmente nueva, una situación que le obligó a pasar a una entrevista de carrera. Es irremediablemente perder la ventaja geográfica de la ubicación y el poder de conferir a su escritorio en la gestión de los recursos humanos, este personaje en particular, generalmente temido por los empleados. Por otra parte, este primer cara a cara con la que todo el mundo teme en el negocio, uno que todos ven como el sucesor del jefe, no es probable que tranquilizarla. A lo largo de la mañana, más tiempo para la entrevista se acercaba a su carácter más frío y persona individual dio paso a cierta preocupación, una preocupación que no puede explicar. Su seguridad legendaria se desvaneció gradualmente.

En la preparación de la entrevista de carrera , el estudio de los registros de perfiles y servicios de este veterano llamado "Charles Edwards," no había pruebas de que la aprehensión. El veterano llamado "Carlos Edwards" es un empleado como todos los demás. Ni más ni menos. Sin embargo, la forma de hacer caso omiso de las relaciones personales de este alto ejecutivo con el gran jefe y sólo se centran en la naturaleza puramente profesional de esta entrevista? ¿Cómo evaluar su motivación sabiendo que el empleado que se encarga de evaluar el balance de situación, se dedica a la única hija del gran patrono? Eso puede ser los proyectos profesionales reales o largo plazo a tal persona en tal contexto? Entonces, ¿cómo analizar objetivamente la consistencia de las respuestas, aunque bien informado sobre la posición ocupada y las perspectivas de carrera en el futuro?

Una solución abierta a ella: Salta con ambos pies en el aspecto operativo de la entrevista. Centrarse más en el contenido de la posición mantenida por Carlos Edwards. Revisar los conocimientos técnicos necesarios para esta posición e identificar los problemas.

A pesar de su aparente frialdad, Magdalena hay menos perturbada por este acto de equilibrio. Tiene unos segundos para reformular en su cabeza, lo que permite la introducción de él para conducir este pequeña entrevista de rutina de la manera más apropiada.

Magdalena: «... *¿Cuál es su evaluación de su situación como Director de Europa?* »

Carlos Edwards: « Mi misión principal como Director Europa ha sido el desarrollo de nuestras actividades en la mayoría de países de Europa del

ACOSO © Nathanaël AMAH , 2016

Este. Yo se materializó en un primer momento por nuestra presencia en Rumania, Polonia y Bulgaria. En este mismo orden de ideas, los tres primeros lugares servirán como un escaparate para abordar el mercado ruso. Esta es nuestra estrategia, pero somos conscientes de que esto no es una conclusión inevitable, si se entiende lo que quiero decir. Nuestros esfuerzos deben seguir esperando para una primera implantación en Moscú a principios del año próximo. Las primeras entrevistas se llevaron a cabo en Polonia, donde invitamos muy formalmente, la responsabilidad de los asuntos económicos y de negocios de la embajada soviética en nuestros días de apertura. El director general de nuestro grupo debe hacer antes de un viaje a Moscú para presentar a las autoridades competentes dentro de nuestras expectativas de nuestra futura implantación. Viajo y espero ayudar a dirigir este reto con los rusos, que no es una conclusión inevitable, repito una vez encore.En Además, tengo más logrado mis metas financieras: mi negocio fue bien luchado como leones y estoy muy feliz

por el grupo. Creo que para mí, es un gran año, pero los esfuerzos deben continuar ».

Mientras que Carlos Edwards esbozó su balance, Magdalena no podía separarse de su mirada. Por primera vez, pudo ver las cosas reales y a pocos centímetros de ella, el famoso Carlos Edwards cuya reputación excede el alcance de su oficina.

Situación inusual para que ella se sienta abrumada por los ojos de un hombre.

Magdalena: «*Usted habla ruso?* »

Carlos Edwards: «*¡No! ¿Y usted?* »

Magdalena: «*Yo sabía que en algún momento, mi abuela materna era ruso ..* »

Carlos Edwards: « *Entiendo mejor* »

Magdalena no se caiga la observación de su altavoz. Ella continúa:

Magdalena: «*¿Se han identificado las habilidades adicionales para ser adquiridos como parte de este proyecto futuro en Rusia? Un curso acelerado en ruso? Un curso de la civilización y la psicología rusos? ... Sé que su tiempo es valioso: tal vez un maestro en su oficina? ... Usted no tiene que responderme ahora. Una vez que haya hecho el punto, nos encontramos de nuevo.*»

Carlos Edwards: «*OK!*».

5

De vuelta en su oficina, Magdalena no puede dejar de pensar de nuevo a la observación de Carlos Edwards: "entiendo mejor." ¿Qué quería decir? ¿Cómo puede decir que no se sorprendió al enterarse de la existencia de la abuela de Rusia? ¿Es tan visible que esta sangre de Rusia que fluye en sus venas?

Así que aquí Magdalena se sumergió de nuevo en sus memorias de la familia antes de su matrimonio con Paul-Emile. Sí, ella hablaba ruso en el momento. Incluso se habló con fluidez Lidia con su abuela.

Lidia, de la región de Yakutia, fue caído locamente de un encantador y rico diamante franceses lograron incluso en esta zona remota de Rusia conocido como Yakutia, (zona diamante famosa por sus diamantes de alta calidad y minas oro ...), para adquirir los mejores diamantes para un cliente importante. Lidia era la hija de los propietarios del hotel en el que se alojaron Karl Baumann, distribuidor de piedras preciosas que tenía su negocio en toda Europa.

Ella sabía convencer a sus padres, y se casó con Karl Baumann, y salió de Rusia. De esta unión nació Lara, la madre de Magdalena que era brillantes estudios de gemología, se hizo carga del negocio de su padre y, a su vez, se casó con un especialisto francés en finanzas.

Debido a las muchas e importantes ocupaciones de su madre, cuyo instinto maternal estaba en su nivel más bajo, Magdalena de facto, fue criada por su abuela Lidia. Ella le enseñó el ruso porque ella no hablaba bien el francés, todos los elementos básicos pero necesarios para entender la buena sociedad rusa, todo lo que era atractivo a la manera rusa de vivir, cómo vivir en Rusia por ejemplo, sólo sonreír si usted tiene una buena razón para hacerlo bajo pena de ser considerado, sin duda, como una persona trastornada mental o de burla. Lo que puede constituir un grave delito en Rusia.

Muy impregnada por esta cultura inculcada por su abuela desde su infancia y en la adolescencia, Magdalena nunca había puesto un pie en Rusia. Sin embargo, ella recibió entre otros y el patrimonio, todos los rasgos y características que le dan las mujeres eslavas, este elemento de misterio que las hace, las personas que carecen de confianza en sí mismas y muy dependientes materialmente en su marido.

Ella tenía una pasión por la literatura y los autores rusos. Su infancia fue sacudida por los cuentos de hadas rusos que le dijo que su abuela. Ni tampoco el folclore ruso cocina tenía secretos para ella.

Magdalena no se había recuperada de la muerte de Lidia. Era él extremadamente difícil hacer frente a la vida después de la desaparición de su abuela que amaba por encima de todo. Demasiado ocupada con su negocio y la vida social, Lara no pudo ayudar a su hija a superar su pena. Lara no le gustaba hablar de Rusia, prefiriendo hablar francés como para ocultar el origen humilde de su madre, que es la hija de los hoteleros simples, de un pueblo ubicado en la profundidad en Yakutia.

Desde la muerte de Lidia, como para cerrar esta página, que una vez que se muestra su infancia, marcada por la presencia y personalidad muy atrayente de su abuela, Magdalena ha abandonado la práctica del ruso como para acelerar el final de duelo. A partir de ese momento, hizo este personaje maldito que lo caracteriza: actitud egocéntrica, actitud de desprecio vis-à-vis la gente, la indiferencia hacia el destino de la humanidad, el desapego, lidiar con los sentimientos.

Pero, el casi requerimiento de sus padres, a considerar, las intenciones (más allá de la amistad simple) de su viejo amigo Paul-Emile, no tuvieron problemas para encontrar una respuesta favorable en ella : él u otro !!! Porque no ? ... Después de todo !!! ... .. Mientras que no estaba obligada a hablar ruso, ... bueno para Paul-Emile!

Por su parte, Carlos Edwards tenía una

sensación extraña después de su encuentro con Magdalena. Abandonó la reunión de la mesa, bebiendo una taza de café y volvió a su estación de trabajo. Él no puede concentrarse. Se sorprendió por el estado emocional en el que se encontraba después de esta entrevista. Se trata de analizar sus emociones. Lo que es absolutamente cierto, este tipo de entrevista

no le puede desestabilizar, en la medida en que vio otras situaciones difíciles a través de él diferentes pruebas de acceso a las escuelas superiores.

La presencia de Magdalena en su oficina, el olor de su perfume aún presente en la oficina mucho tiempo después de su partida, el timbre característico de su voz, sus ojos de almendra verdes de fijación con la insistencia de su interlocutor, su posición de la cabeza expresando su naturaleza arrogante, que en ocasiones se reafirma a pesar de sus esfuerzos por parecer, su rostro no sonríe amable y profesional, todo esto tuvo, sin duda, contribuyó a desestabilizarlo, para crear y

mantener esta impresión duradera en Carlos

Edwards no haber estado en la parte superior de la situación, esta insoportable sintiendo que se ha producido en él, que es ordinaria, fuerte, arrogante, odioso y odiado.

Que no están acostumbrado a capitular, Carlos Edwards recuperó la conciencia y el control de sus emociones. convertido racional es lo más urgente que hacer. Y es realmente grande en este ejercicio de respuesta. Él es el maestro en el arte de la negociación.

6

Varias semanas han pasado desde que la entrevista de carrera. La vida se ha reanudado. No es sorprendente que el proyecto de Carlos Edwards ha sido validado por el comité directivo. Geraldine ha recuperado un poco de serenidad para la cena formalizar su noviazgo con la estrella ascendente de la empresa dirigida por su padre. Carlos Edwards volvió a su vida mundana y sus viajes al extranjero.

Reuniones periódicas con Jeremías están separados por falta de tiempo. De hecho, Magdalena debe dar formato a las entrevistas de carrera aplazamiento de los ejecutivos. Tomó el retraso y la fecha de entrega del informe parada no le deja tiempo para dedicar a Jeremías tuvo sus problemas con paciencia la esperanza de días mejores.

Una mañana, Magdalena descubre al leer su correo electrónico, un mensaje de Carlos Edwards, recordándole los términos de su contrato al final de la carrera de la entrevista del otro día en su oficina.

«Señora, Mi diario me permite encontrar el tiempo para continuar y terminar la conversación en marcha con anterioridad.
Le agradecería tuviera a bien confirmar su disponibilidad más temprana para concertar una cita en los próximos días.
Muy cordialmente.
Carlos Edwards »

Volvió a leer varias veces este correo que estar convencidos de que es un mensaje de la inaccesible Carlos Edwards. Por otra parte, no se pasa por Julia su secretaria. Peor aún, no hay ninguna mención de cualquier camino desgastado por su secretaría que le enviara su respuesta. Entonces, ¿cómo responder a este correo electrónico? espinosa cuestión de hecho. Pero quién mejor es el más calificado para saber lo que es el horario de un chef, si no es su secretaria?!

Así que sin dudarlo, ella coge el teléfono y ella contacto Julia para ofrecer su disponibilidad.

Dos días más tarde, leyendo su correo, vio un nuevo mensaje de Carlos Edwards.

« Señora,
Me complace confirmar su
próxima cita Jueves 16.30.
¿Podemos comer juntos este
mediodía para prepararse
para esta reunión?
Muy cordialmente.
Carlos Edwards. »

Después de leer este nuevo correo electrónico, Magdalena sentir el suelo dando paso bajo sus pies como si ella tenga un repentino mareo.

Ella tiene suerte, ella está sentada. Es un

sentimiento que ella no conoce. Su concha está a punto de romper.

Y si Carlos Edwards era "profesional" de principio a fin, solamente buscando una buena manera de optimizar el final de la entrevista?

El cerebro de Magdalena, al igual que un superordenador, revisó un millón de preguntas en la segunda de su tipo: fingir no entender y aceptar la invitación para el almuerzo? Poner bajo su brazo, al restaurante, un archivo a procesar entre dos obstruidos?

Más o menos difícil de hecho! Supongamos, ok por el restaurante , a continuación, cómo comportarse durante el almuerzo? Diversiones libre? Cómplices sonrisas? ¿Qué actitud hacia Carlos Edwards temido? ¿Cómo explicar que, dos veces en rápida sucesión, habla directamente a ella sin pasar por su secretaria? ¿Cómo quiere decir que es un almuerzo de trabajo ordinario?

Cerca de una implosion , Magdalena poco a poco recuperó el control de sus emociones y preparar su respuesta :

« *Señor,*

Entiendo su deseo de querer optimizar el curso de nuestra entrevista el jueves. Acepto su invitación para el almuerzo. Voy a tratar de ser lo más discreta posible acerca de los temas que se discutirán durante el almuerzo para cumplir su requisito de confidencialidad y discreción. Buen día.

Magdalena B. »

7

Jueves al mediodía. Llevaba un traje (dama) de color de verde botella, una blusa de seda de tono, el uso de zapatos de tacón a juego, pelo largo medio, libre, flotando sobre sus hombros, un maquillaje discreto destacando sus ojos verdes almendra y en sus finos labios, un bálsamo, de color nacarados rosados . Bajo su brazo, una bolsa de cuero burdeos que contiene su cuaderno. Magdalena un poco febril, por segunda vez en pocas semanas (por las mismas causas, mismos efectos) está listo para ir a comer. Se espera su taxi, habiendo negó a entrar en el coche nueva de Carlos Edwards por conveniencia, por la discreción.

París, la avenida Georges V. El taxi se detiene, frente a este famoso restaurante de pescado. Magdalena paga la factura, ella recupera le receipt de la factura, y se precipita en la entrada del restaurante en el que Carlos Edwards tiene sus hábitos. Ella es inmediatamente apoyada y llevada a la mesa de acogida.

Cuando su nombre es Carlos Edwards, que no está a punto de mezclarse con la multitud. Por lo tanto, y con razón, su tabla de host es, obviamente, situado en la zona VIP para asegurar su discreción y confidencialidad.

Se levanta para acoger a Magdalena. Ni una palabra de bienvenida por parte de él, sólo una discreta sonrisa en los labios. Lo mismo sonriendo de fachada y de circunstancia en los labios de Magdalena que tiene lugar a la mesa de acogida. Atmósfera fria.

Magdalena : *(Queriendo imprimir esta comida inesperada, una naturaleza puramente profesional)* «*¿Cómo quiere que procedamos? Propongo inicialmente para examinar las cuestiones pendientes de nuestra última entrevista.*»

Carlos Edwards : *(No muy convencido de la necesidad de un enfoque de este tipo)* «*... ¿Crees que esto es necesario? Y si, primero tuvimos el almuerzo?*

Recomiendo la daurada con hinojo, me dice la noticia. Tendrá que tomar el vino?»

Magdalena : *(Ahora asegurado más sobre las intenciones de su anfitrión)* "No gracias, solo agua mineral sin gas. "

Nueva atmósfera helada. Miradas furtivas. Magdalena, que está tratando de quedar bien, trató de relajación :

Magdalena : « ... ¿Estamos en su cantina ? »

Carlos Edwards : « Se puede decir. Yo no como carne. Y aquí está el mejor lugar para comer pescado. Y usted ? ¿Cuáles son sus hábitos? »

Magdalena : « Nada de especial. Presto atención a mi salud. Trato de equilibrar mi comida. Yo no como casi la noche, un poco de sopa , de verduras y frutas frescas.»

Carlos Edwards :

(Agarrando la pelota) « Esto le sucede así. »

Magdalena : « Ah bueno ? Qué quieres decir ? »

Carlos Edwards : « Cuando miro usted , todo parece estar en equilibrio, y mas, que es agradable ... Es un deleite para los ojos ... No podemos permanecer mucho tiempo indiferente a tal armonía ...»

Sorpresa, aturdida por esta avalancha de felicitaciones, Magdalena mira hacia abajo, modestamente. Para ella, es difícil aceptar todos estos cumplidos, no porque ella crea que, ella no merece ellos, pero para evitar todo eso que es atrás estos cumplidos. ¿Cuáles son las opciones disponibles para ella en tales circunstancias? Ignorar y cambiar la conversación? Para significar su desacuerdo para recordando a sus respectivos estatutos? Rechazar pura y simplemente el cumplido?

Mostrar ella misma sarcástica ? Mostrar una sonrisa nerviosa y huir de sus ojos? Alternativamente, la auto-critica para contradice el cumplido? Ella tenga caliente sobre todo su cuerpo. Su corazón comenzó a latir violentamente. Sus mejillas tomaron color. ¿Todavía quiere ella comer? Luego, muy lentamente, ella levanta la mirada y fija los ojos de Carlos Edwards. Sus ojos han problemas para separarse de los ojos de su anfitrión, como si de repente, un canal de comunicación se estableció entre ellos.

Durante unos segundos, Carlos Edwards observa de cerca, una vez más los ojos verdes almendra de Magdalena, su mirada mostrando ni consentimiento ni desaprobación , algunos neutralidad a través de ese rostro impasible que ella tiene el secreto. Por primera vez en Carlos Edwards es ligeramente desestabilizado, el que está acostumbrado que está acostumbrado a una capitulacione rápida y fácil de su presa , todas adquiridas en el primer asalto.

Magdalena : « Gracias... »

Carlos Edwards : « *Espero*

que mis comentarios no se ha moleste. »

Magdalena : *(esbozando una sonrisa de cortesía)* «No se preocupen .... »

Un momento más tarde.

Carlos Edwards : « Me encontraste un maestro ruso? De lo contrario ya que usted habla ruso... »

Magdalena : *(De inmediato se cortó el suelo.)* «No tengo ningún deseo de hablar ruso .... Además no he hablado ruso, desde hace mucho tiempo. »

Carlos Edwards : *(un poco sorprendido)* « .... ¿Puede explicar ... si no soy yo demasiado indiscreta? ... ¿No es una gran oportunidad para que usted hable esa lengua? Y ... ... puedo pedir al Presidente que darle tiempo, venir conmigo en Rusia ... para ser mi intérprete .... ¿Qué opinas? »

Magdalena : *(categórica)* « No, por favor, señor Edwards! ¡No! »

Carlos Edwards : « OK ... Ya hablaremos. Buen provecho »

8

Después del almuerzo, Carlos Edwards se reunió con Geraldine en un joyero, la avenida Montaigne, para tratar de encontrar sus anillos de boda. La octava de la joyería en el espacio de unas pocas semanas. Hay que decir que Geraldine es el terror de los joyeros en Paris. Ella hace desempaquetar todas las mejores piezas una tras otra, sin ser capaz de encontrar la felicidad. Carlos Edwards está perdiendo la paciencia, y otra vez, esa sensación de impaciencia se se exacerba en esto jueves. Le hubiera gustado prolongar el almuerzo con Magdalena, para aprender un poco más sobre ella... Le hubiera gustado saber lo que está detrás de la cáscara, incluso si él es consciente de que no tiene control sobre élla. Pero esto es sólo un aplazamiento. Él no ha dicho su última palabra. Palabra de Carlos Edwards!

Después que la octava visita , que terminó con el mismo resultado que en semanas anteriores, él estaba preocupado. Se fue en su apartamento antes de regresar a la oficina, tarde. Se ve cargado. En su agenda: una reunión a las 15h siguió a su entrevista de carrera (continuación) con Magdalena de 16:30 a 18h, entonces, reunión preparatoria de la próxima visita del Presidente en Rusia.

Cuando conduce tranquilo hacia su oficina, de repente una brillante idea ha germinado en su mente: y si ese era el momento adecuado durante su reunión con el Presidente, para poner en práctica su plan, dar a entender Magdalena en el proyecto ruso? Y para obligarla a tomar parte activa en este proyecto? El presidente no niega nada por él, y no puede imaginar Magdalena acto en contra de la voluntad del presidente. Él sabe que sus prerrogativas en los negocios son enormes. Lo hace casi todo lo que desea en este negocio. Así que ¿por qué ir a un entrenador y un intérprete de ruso fuera de la empresa, mientras que dentro de la misma empresa, ya están previstas estas "habilidades"? A veces hizo su sonrisa maquiavélica, sonrisa presagio de un éxito cercano. Él siguió su camino. Magdalena volvió a su oficina en autobús. A ella le gusta pasear por París en autobús. Para ella, es casi la hora de la suspensión. Tómese su tiempo, ya que no tiene prisa para volver a la oficina. Ella piensa en su abuela. su horror al enterarse de que su hijo es cortejada por su jefe imaginar. Ella recuerda los muchos sabios consejos que ella le dio. Pero en ese momento, en ese momento cuando las palabras de Carlos siguen llegando de nuevo a la cabeza, y no quieren seguir los preceptos de Horacio: "... la sabiduría Mele un toque de locura ... Es bueno a veces se olvide de la sabiduría ...

Se necesita un poco de locura para que ella haga un poco más de paso. Sí, pero un paso hacia qué? Para Carlos Edwards? Hacia la emancipación real y total, que ella necesita desesperadamente, desde su divorcio y que la hace tanta falta? Pero, básicamente, lo que ella necesita realmente? A su favor: dos hijos casi adolescentes, bien educados, sanos, que no requieren un novio con el que ella se siente bien, con el que ella se encuentra con una cierta sensualidad, un trabajo bien pagado ....

Pertenece a ella para encontrar el equilibrio adecuado entre la locura necesaria y esta sabiduría esencial, el pulso de la vida en que la razón sería llamado "estupidez" y la locura sería considerado simplemente como un golpe de genio.

9

El gusano se encuentra en la fruta. expresión conocida que ilustra el estado que lleva en sí el germen de su propia destrucción. En este caso, el principio destructivo de la buena conciencia a Magdalena, sin todavia que se manifiesta, pero que ya está presente. ¿Qué la obliga inconscientemente al equilibrio entre, por un lado, Jeremías, su novio, para nada exigente, discreto, valiente, digno, buscando constantemente para proteger contra sus propios demonios y el otro Carlos Edwards, el trabajador, el prometido de la hija del jefe, Playboy reconocido por todos, poco apreciado y mucho antipatía.

Madeleine que tiene la rectitud de su carácter, sabe perfectamente, a qué tipo de críticos que una mujer puede estar expuesta, cuando se clasifica a derecha ni a la izquierda. Ella sabe que tal comportamiento es similar al oportunismo. Ella odia la idea de ser tratada como un oportunista.

Devorado por la pasión de dominar, Charles Edwards no se preocupa por los sentimientos. Él prefiere ser un oportunista empedernido en lugar de hundir la cabeza en primer lugar, con los principios de buena prominencia atada alrededor de su cuello. Los cementerios están llenos de hombres y mujeres virtuosos. Prefiere exceso y dejar que la sabiduría de los soñadores.

Durante muchos años, la sabiduría que mostró, le dio una personalidad clara, sin pasión o la fuerza. La servidumbre era por así decirlo, la única pasión que ella estaba acostumbrada, y comió. Si el arte de vivir es sacrificar una pasión baja a una más alta pasión, Magdalena sacrificó su vida de la mujer para el beneficio de su vida de casada. Ahora tiene que ponerse

de acuerdo consigo misma, que no ha podido aturdir a sí misma con el fuego de la pasión, la que no pudo sofocar la violencia de su angustia, la que consideró sus sentimientos como una pura ilusión. De hecho, él o ella a través de Lidia?

A veces la única manera de enfrentarse a sus propios demonios, es aceptar en toda lucidez, esta confrontación con una misma. Magdalena se encuentra precisamente en este punto de inflexión en su vida: ser arrastrada a raíz de un torbellino llamado Carlos Edwards, o continuar la reconstrucción de su vida en la paz, la serenidad en su totalidad?

Es cierto que Magdalena fue criada por Lidia, la abuela rusa llena de principios antiguos. Pero a través del carácter intrínseco que sabemos de ella, a través de su actitud altiva, su desprecio por la humanidad, su total desinterés frente a los sentimientos, pero, de hecho, que es Magdalena?

Cuando se casó, ella habló como una mujer casada, piensa como una mujer casada, razonó como una mujer casada. ¿Pero ahora? Desde su divorcio, su visión de la vida ha cambiado.

Hoy en día, la visión que tiene de sí misma a través del prisma de las tremendas oportunidades (supuestas sin precedentes), que sin duda podría, potencialmente, vivir con Carlos Edwards, saca el lado oscuro de su personalidad, la imagen devuelta por el mismo Carlos Edwards, como una espejo de doble cara. Cada ser humano tiene su / su precio, (como se decía). Sin embargo, el precio podría superar las expectativas. Una historia de amor con Carlos Edwards se puede desafiar a sus principios sagrados? Lo que es seguro, la imagen reflejada de vuelta a sí misma está lejos de ser favorecedor. El espejo no halaga. Se sabe ahora que ella es capaz de debilidad, que siempre se ha sentido fuerte, sabia, y fuera del alcance.

La visión que tenía de sí misma durante ese breve momento de reflexión sobre el viaje en autobús, no gustó en absoluto. El mero hecho de poder imaginar por un momento que, eso puede ser posible, es algo que crea en ella un profundo sentimiento de disgusto.

10

Tener una idea en mente cuando tenemos una idea en la cabeza, se convierte en un problema real, una verdadera obsesión.

Carlos Edwards quiere Magdalena. Esta idea lo atormenta más y más. Se convirtió en una obsesión para él. Esto le hace tanto mal y terriblemente decidido. Con tal determinación, Carlos Edwards se convierte en un verdadero peligro para el objeto de sus obsesiones.

Hay dos opciones disponibles para él: llegar a ser una locura, o hacer todo para conseguir Magdalena incluso si eso significa perder Geraldine y despedirse de su futuro dorado en la empresa, o demostrar su heroísmo mediante la adición de Magdalena a su lista sin que cuesta Geraldine y su futuro brillante al ser el próximo esposo de la única hija del gran jefe.

En todos los casos, las motivaciones de Carlos Edwards no obedecen a la lógica seductora. Él es un cazador. Un gran cazador.

Por lo general, sus noches son a menudo "en bruto". Su coto de caza incluye las mujeres que saben cómo desarrollar sus encantos físicos, las mujeres que saben lo que quieren, las mujeres que disfrutan de la buena vida y de facto que son todos dispuestos, todo adquirió a su causa.

La novedad es que, ahora que necesita para seducir a una mujer que no quiere ser seducida y que no va a ser seducida. Esto está más allá del alcance de su estrategia habitual de la conquista. Es urgente para él para crear en ella, una emoción puede causar que baje la guardia y obtener sus favores. En lugar de ello, es él quien tiene sudores fríos y echando espuma por la boca. Así que la pregunta que viene a la mente es la siguiente: entre Carlos Edwards y Magdalena, que realmente tiene el poder sobre el otro?

Al revisar la lista de las diversas etapas del ritual del perfecto seductor, un paso esencial (o primaria) requiere la atención de la persona para seducir. Carlos Edwards consiguió el poder, que le confirió el dinero debido a su posición en la empresa. Él sabe mostrar esta poder del dinero. Él sabe perfectamente cómo llamar la atención más o menos de manera ostentosa, no importa a quién son estos signos ostentosos. Él no se preocupa por el decoro. Su objetivo está claramente grabado en su mente. No importa si la ambición que lo caracteriza, que a menudo le sitúa por encima de la refriega y que lo hace un hombre brillante, encuentra ahora mismo corromper por esta obsesión que le molesta desde que conoció a Magdalena. No importa si, él (que argumenta a favor de la libertad absoluta), se encuentra en un dilema de optar por

convertirse en un esclavo de sus propios sentimientos, el esclavo de sus propios demonios. Esto no es propio de él. Él está ahogando rápidamente y desesperadamente se aferra a sí mismo con el agua que le rodea.

11

« ... Por lo tanto, le atan hasta nuevo aviso al Departamento de Europa bajo la dirección del Sr. Carlos Edwards que definirá con usted y sus nuevas funciones y con quién, que estará de acuerdo a la fecha efectiva de su oficina toma. ....

John SMITH,
Director general . »

Fue con estas palabras que terminan la mutación carta que Magdalena ha recibido de manos de su manager. Esta carta viene de la alta dirección. Ella no puede imaginarlo. Ella pierde pie. Ella está mareada. Ella está caliente por todas partes. Sus manos están sudorosos. Ella está temblanda. Ella quiere vomitar. Ella es lívida. Tomó diez años de repente.

Al leer la carta, la primera reacción de

Magdalena era estar más cerca de su representante para solicitar su apoyo en su voluntad de rechazar esta mutación que ha habido una negociación previa. Pero su jefe de departamento se limitó a enviar sus más cálidas felicitaciones, como para significar con ella, la naturaleza irrevocable de la decisión de traslado adoptada contra todo pronóstico por la alta dirección.

Angustiada, Magdalena no se atreve a aceptar esta situación. Ella se siente vulnerable, atrapada. Ella es compartida entre una tristeza profunda y una angustia indescriptible. Ella no tiene la fuerza para enojarse. Ella adivina a la mitad - palabra, el mensaje subliminal que Carlos Edwards acaba de enviar a ella a través de esta cita. Se puso el turbo y nada puede detenerlo.

Vista exterior, la reacción de Magdalena puede parecer surrealista. La paradoja en este caso es el desorden en el que está inmerso y que denota singularmente en comparación con la respuesta entusiasta que podría tener miles de consultores en el departamento de recursos humanos que amaría una oportunidad de carrera.

Por la tarde, un correo electrónico de Julia:

« ... Se adjuntan los documentos técnicos relativos al proyecto MT (Moscú Trading). ....

....

....

....

El Sr. Edwards también quiere conocer en la tarde ....»

Desde que recibió la carta de traspaso, Magdalena entró en una especie de letargo. Sin pausa para el almuerzo. Ella es consciente de que una negativa por parte de ella la expondría a graves represalias por su nuevo líder. Ella se siente sola en el mundo. Lidia profundamente su falta.

En la oficina de Charles Edwards en la tarde. Ambiente falsamente estudioso. Ambiente de cortar con un cuchillo. Cada muestra un rostro individual como si las cosas eran obvias. El nuevo líder, frente a nuevo recluta intenta quedar bien durante esta sesión de contacto para asegurar los objetivos esperados. La imagen perfecta de la fuerza tranquila del león que acaba de capturar una gacela entre sus piernas después de una carrera frenética y que da la última lamida en su cuello antes de "ir a la mesa." Magdalena sabe ahora que va a ser el entrenador e intérprete de Carlos Edwards para facilitar su comprensión de la cultura rusa y le ayudará en el contexto de su comunicación en Moscú con las autoridades Rusos.

Reunión corta. Apenas media hora. Reunión en la que no saludo, no importa en relación con la transferencia. Todo ocurrió como si no pasara nada en este asunto. Magdalena sabe que a partir de mañana, se requiere su presencia física en el Departamento de Europa. Su oficina se encuentra en el mismo piso que Carlos Edwards. Su agenda especifica, entre otras, que ella debe participar en las reuniones diarias con su nuevo líder. En primer lugar, se debe presentar un plan de acción para acelerar la preparación de su líder en el marco de su inmersión en el mundo de los negocios de Rusia.

La peculiaridad de esta misión requiere las habilidades de un verdadero experto en el comercio internacional. Magdalena está lejos de poseer tales habilidades. Carlos Edwards sabe.

12

Como un autómata, Magdalena vuelto a casa lo mejor que pudo. Una larga ducha caliente como para destapar una suciedad insoportable después de una violación, frotando todas las partes de su cuerpo, una y otra vez.

Un gran vaso de vino blanco. Un segundo. Ella levanta el auricular del teléfono, vaciló un momento y luego marcar el número de Jeremías. En el otro extremo, el maldito contestador automático, que ella detesta tanto. Ella espera pacientemente a que el tono y después con una voz débil:

« Ven rápido ! Por favor, por favor !!! »

Corto y misterioso mensaje que sorprendió y preocupó Jeremías en su regreso a casa.

Una hora más tarde, suena el timbre.

Una tercera copa de vino en la mano, la bata entreabierta, el pelo despeinado, descalzo, un modo de andar vacilante, Magdalena avanza hacia la puerta. Ella toma el teléfono del portero automático, sin decir nada, se activa la apertura de la puerta en el edificio y abre la puerta de la vivienda a la espera de la llegada de Jeremías.

Se abre la puerta. Jeremías entra en el apartamento. Él va a la sala de estar donde estaba. Magdalena llora y se precipitó en sus brazos.

« Por último ... que estás aquí !!! ... Por favor, llévame en tus brazos ... Abrázame ... Llévame antes de que sea demasiado tarde .... Llévame antes de ponerse al diablo ... Llévame hasta que deje de respirar ... Hazme amo, Jeremías, te lo suplico ....»

Jeremías un poco sorprendido, tratando de comprender.

«*Qué está pasando?* »

Antes de que tuviera tiempo de darse cuenta de lo que está sucediendo, Jeremías es arrojado violentamente en el sofá. Magdalena se asienta a horcajadas sobre sus piernas y frenéticamente trató de desabrochar la bragueta de su pantalón.

Su rostro es irreconocible. Jeremías nunca la había visto así. Un rostro inexpresivo. Apretando la mandíbula, la cara pálida, los ojos enrojecidos por las lágrimas. Por otra parte, las manos tienen una fuerza física increíble contra el cual, él estaba luchando para luchar para impedir que a desabrochar su pantalón. Esfuerzo malgastado. Él no puede luchar contra esta furia.

Magdalena, después de abrir con éxito la marcha, agarró firmemente su pene y obtiene relaciones sexuales con una violencia sin precedentes sin dejar de llorar.

Jeremías está en shock. Él, que normalmente está obligado a proponer, negociar, crear, fomentar el abandono a la voluntad, ..., se encuentra en una posición que no podía imaginar, una posición que no podía explicar.

Quiere entender las causas de tal comportamiento de su amiga, que suele ser tan reservada, tan modesta.

Hay que reconocer, Jeremías acaba de sufrir violación. Por otra parte, violado por su amiga. Él no entiende.

ACOSO © Nathanaël AMAH , 2016

13

Noche difícil. Después de completar su acto desesperado, Magdalena separó lentamente a sí misma desde el cuerpo de su amigo, le dio un beso en los labios y se dirigió al cuarto de baño. Jeremías se detuvo un momento en la misma posición, con la mirada perdida, sin saber qué pensar ni qué hacer. Él está convencido de que ha pasado algo malo durante el día. Algo muy grave. Pero que ? Como saber ? Cómo llevar a su amiga a confiar en él y por qué Jeremías fue un momento dado en la posición menos envidiable de una toma de corriente?

El elige por regresar a su casa, prefiriendo dejar la iniciativa completa a Magdalena explicaciones, más adelante. Quiere darle el tiempo necesario requerido para permitir que la emulsión se calmara en el agua antes de colocar en el fondo del vaso. Y, por tanto, estar en un ambiente tranquilo, todas las explicaciones necesarias para comprender.

Por su parte, Magdalena, después de una ducha final, se fue a la cama sin poder cerrar los ojos.

Se da cuenta de que al final, lo que había sucedido. Un gesto de desesperación? Un acto de desafío por persona interpuesta para expresar su rechazo a someterse? Su manera de decir eso, su voluntad y su cuerpo no son asignables por todo el oro del mundo? Es ella la que decide cuándo y cómo?

La complejidad de las respuestas a todas estas preguntas puede ser explicada por este gesto de desesperación causada por la lectura de la carta que significa para ella, su traslado al departamento de Carlos Edwards. Ella está desesperada porque no Carlos Edwards

parece creer o imaginar sosteniéndola en sus manos, obligándola a unirse a su departamento, sino porque se le negó el derecho más fundamental, su última derecho a elegir su propia servidumbre.

Ella señala que ni siquiera es libre de elegir su propia servidumbre. Aunque el suicidio es, sin duda, la única manera de que un individuo para hacer valer su plena libertad y que, esta idea ha pasado por la cabeza en algún momento, por último, se niega a cometer suicidio, sólo para demostrar que ella es digna de vivir, que es libre para tomar sus propias decisiones.

También reconoce el carácter radical de sus acciones. Ella es tan mal por su amigo Jeremías, tan generoso, tan amable, tan considerado. Pero tenía que cumplir con este gesto antes de aprobar su nuevo traje de asesor técnico de Carlos Edwards. Tenía que hacerlo por ella el equilibrio mental y por su salud mental para que pueda cambiar la posición de sí misma y recuperar el control de su vida. Este traje no está de acuerdo con su tamaño. La función para la que nada la predestinado para, no es de su gusto.

14

De posesión del cargo efectivo en el Departamento de Europa. A su llegada a la oficina, Magdalena tuvo la sorpresa de asistir a una recepción de bienvenida en la forma de un desayuno organizado por Julia a petición expresa de Carlos Edwards y antes de todo su personal.

Magdalena aprecia esta ceremonia de bienvenida a su valor razonable. Ni mas ni menos. Ella se ve bien. Como es habitual, se presenta a sí misma, simple y breve frente a sus nu hevos colegas. Ella no tiene mucho que decir. No hay lugar para la complacencia con suoja de vida que no es comparable con los de sus nuevos colegas, altamente educada y que compiten por posiciones para impresionar a su nueva colega. Pero por Carlos Edwards, esa no es la cuestión. Hay excepciones que borran o superan a todo lo demás. Él necesita críticamente Magdalena que (según él) es la pieza que falta en su dispositivo para abordar el mercado ruso.

De hecho, la ignorancia de la civilización rusa y sus códigos puede ser perjudicial para el éxito del proyecto. Por lo tanto, es esencial para el departamento de Europa para hacer esta "adquisición" maravillosa para superar este inconveniente importante. Este es su nuevo credo. Por lo tanto, Magdelena tiene su lugar efectivo dentro de su departamento en el marco de este proyecto.

Para unirse a la acción a la palabra, Carlos Edwards confía Magdalena a la líder del proyecto a los efectos de la instrucción y la presentación de los temas y objetivos de dicha implementación del proyecto en Rusia.

Madeleine está oficialmente en una misión. Sin embargo, ella permanece en guardia, sin saber cuál será el próximo movimiento en el tablero de ajedrez en el que Carlos Edwards simplemente viene a poner de ella y en la que tiene un control absoluto.

Su malestar es palpable. En una situación normal, tal oportunidad sería una maravillosa perspectiva de la carrera para ella. Todo el mundo sueña con esto. Su salario se lanzó hacia delante. Pero ¿cuál es el precio a pagar por todo esto?

A primera vista, ya la luz del desarrollo de los acontecimientos, no parece Carlos Edwards para ser animado por una mala intención. Incluso parece inofensivo. Su estrategia, (si ese es el caso), que parece funcionar muy bien.

Recuerde que en el prado, el depredador se coloca siempre en el viento de frente vis-à-vis su víctima para evitar que su olor no puede ser detectado por este último. Por lo que su enfoque debe ser ideal y óptima para minimizar sus esfuerzos durante el asalto final.

Magdalena es consciente de que en la vida y en especial en la vida dentro de la empresa, todo el mundo manipula todos, desde la posición más baja a la más alta. El truco es saber lo que quiere, lo lejos que están dispuestos a ir a satisfacer sus propias ambiciones y así minimizar de forma sostenible el riesgo de desequilibrio mental.

15

Magdalena no quiere adoptar una actitud frontal hacia su nuevo jefe. La sumisión no es una característica dominante en su personaje, aunque durante su matrimonio la condición especial de su ex marido, se había limitada a ella, más o menos, de respetar un determinado "apertura mental" dentro de su pareja.

Ella no quiere vivir con el temor de Carlos Edwards por el mero hecho de que se vio obligado a utilizar su posición dominante dentro de la empresa para tratar de obtener un control sobre ella, sin ninguna discusión indica, en el que está instalado el campamento de la duda. Ella es muy consciente de ello.

En su infinita sabiduría, Lidia le habría dicho :

« Lapushka $_2$ Mi querida nieta, usted tiene que comportarse como una oveja, si se quiere atraer a los lobos ... Esta Carlos Edwards

no puede hacer nada en contra de usted si usted no tiene miedo de él … ..Y no olvides que con una pieza de pan se puede encontrar su paraíso bajo un árbol de navidad. »

Magdalena tomó este hábito saludable para acercarse a su abuela por el pensamiento. Ella refrito de sus palabras de sabiduría para sacar la fuerza que necesita en sus momentos difíciles. No es a su madre que, podía girar y tener un enfoque de este tipo, tanto la brecha es amplia entre ellas. Ella no recuerda desde cuando no han estado juntos como parte de una relación de madre e hija. Ella nunca tuvo con su madre, este tipo de conversación entre madre e hija, esta relación madre-hija que les hace cómplices. Ellos nunca han tenido la oportunidad de exponer en la melancolía. Ella recuerda haber sólo su vista, cuando se llevó a sus hijos a decir adiós a sus abuelos antes de regresar a su internado.

La parte razonable de su ser, que le

recomendó durante tantos años, para estar más cerca de Lara que de su lado, nunca ha mostrado ninguna inclinación hacia su hija y sus nietos. El desorden en el que es Magdalena habría tenido el efecto de molestar a ella, profundamente : ella siempre ha favorecido el éxito social a expensas de su propia familia. Su lema: éxito, todo éxito, nada más que el éxito. Cualesquiera que sean los medios utilizados para lograrlo.

16

La emulsión desciende gradualmente en el fondo del vaso. Magdalena ahora puede sentir la paz de la mente.

Inexorablemente, psicológicamente se restablece gradualmente y, finalmente, recuperar toda su agresividad. Sin embargo, la principal prioridad es la explicación que debe dar a Jeremías. Ella no lo ha visto desde la noche anterior. Ella todavía está sorprendida por su actitud de anoche. Pero ella está convencida de que las travesuras de Carlos Edwards que han generado en ella, este sentimiento de inseguridad y pánico. De ahí la necesidad urgente de proteger a sí misma. Por desgracia, el tipo de respuestas, in fine (torpemente, inapropiado, incontroladop y dramático) a través de su acto sin sentido en la persona de su amigo, no estaba en adecuación con esta fiera determinación que tiene el fondo de su reafirmar su capacidad de autodeterminación, cara a acontecimientos de la vida.

A través de esta prueba, ahora sabe lo que es

capaz. Sabe que puede ser un peligro real en su camino para cualquier persona que atrevido a provocarla.

Ella debe encontrar las palabras adecuadas, la explicación racional a la derecha, que él comprender las razones profundas de su gesto. Ella tiene miedo de perderlo. Eso sería lo peor que podría suceder a ella, después de su caída forzada en el codiciado Departamento de Europa. El aniversario de Jeremías se realizará en dos días. La oportunidad perfecta para reunirse y hablar finalmente con serenidad.

El aprendizaje dentro del departamento de Europa empezó bien y Magdalena comienza a ver las cosas bajo un prisma más favorable que en el pasado. No porque ella le gustaría jugar al avestruz e ignorar el riesgo presentado por su proximidad a Carlos Edwards (riesgo vis-à-vis la que no ha bajado la guardia), sino porque, después de todo, ella tiene una gran oportunidad para conocer finalmente esta tierra de Rusia de los cuales

Lidia muy a menudo ha hablado con ella.
Con el tiempo, su tiempo debe ser dedicado a

tragar todos los datos para entender los objetivos fijados por la dirección de la empresa, para asimilar los términos comerciales y técnicos, para que le permita trabajar a cabo en su curso de introducción a la civilización rusa teniendo en cuenta los resultados previstos.

17

Más fecha de la boda se acerca rápidamente, menos Carlos Edwards quiere casarse. Él parece haber olvidado los números de este matrimonio, que lo convertiría en una de las personas más poderosas en el grupo. Ahora está dirigido por dos motivos: su inclinación por la novedad y su miedo al compromiso. Este miedo que surgió de su conciencia ya su encuentro con Magdalena, sin lugar a dudas, que le hace incapaz de discernimiento. ¿Está de acuerdo con él? Tenía miedo de la derrota? ¿Dónde está ahora su orgullo masculino que sobresale en exceso? ¿Por qué tenía miedo a recoger los frutos del éxito que está a su alcance?

El pensó que había llegado a la cima del placer. Estaba convencido de que hizo las rondas de los placeres sensuales. Su carácter endurecido siempre le ha tranquilizado. Se sentía fuera del alcance de los dolores de la vida. Pero para su sorpresa, descubre que el miedo al compromiso junto a Geraldine estaba siempre presente en él, que está al acecho en el fondo, que afecta gravemente a su juicio, poniendo en peligro sus ambiciones profesionales. Este hecho crea en él una sensación extraña, cerca de la ira. Él no puede dominar esta extraña sensación de que lo deja más. Tiene miedo, pero no quiere admitir.

« ...Cuando un hombre tiene miedo, la ira no es lejos. La irritación sigue la excitación ... » 3.

Geraldine casi no ve a su prometido. Todos sus intentos han fracasado . La razón común: el proyecto ruso. Paradójicamente, ella es más enamorados que nunca vislumbrar la vida de los sueños con Carlos Edwards y todo lo que ello implica. Ella ya no está en su lugar. A veces, ella se siente abandonada. Ella paga el precio de esta irritación sin saberlo. Ella no incluye cambios de humor de su prometido.

Ella no puede explicar por qué sus reuniones raras, ahora va a pasar exclusivamente por iniciativa de Carlos Edwards. Como si quisiera recuperar el control de su vida.

18

En el apartamento de Magdalena, todo está listo para la cena de cumpleaños. Ella era capaz de salir de su oficina antes de lo habitual. Oficialmente, una acción urgente de lo que parece. Un pequeño desvío a la empresa de catering para completar las compras. Un momento en la cocina para perfeccionar la cena. Se respeta el tiempo. Tabla determinación en el comedor, no en la cocina como de costumbre. Mantel y servilletas de tela, blanco. Hermosa cubiertos para ocasiones especiales. No hay velas : ella odia convenciones.

Ducha rapida. maquillaje ligero. perfume discreto. Código de vestir: código de vestimenta de la ciudad. Un color bonito vestido escotado de la gasa de color gris perla, los talones planos, rojos zapatos del color de la sangre. Alrededor del cuello, collar de perlas donada por su amigo el año pasado por su cumpleaños. Está lista. Un vaso de vino blanco para darse valor y espera con ansiedad la llegada de su huésped.

8:30. Llegada de Jeremías. Traje gris

 ACOSO © Nathanaël AMAH , 2016

antracita, camisa azul cielo, sin corbata, zapatos negros. Un ramo de rosas rojas en sus manos, la cara apenas sonriendo. Le entrega el ramo de flores a su anfitriona y simplemente le da un beso en la mejilla discreta. atmósfera helada.

Magdalena : *«Jeremiah, ¿Buenas noches, cómo estás?   »*

Jeremiah : *«Magdalena Buenas noches, estoy bien, lo mejor posible, y usted? »*

Magdalena : *«Estoy mejor. Estoy felíz de verte de nuevo. Aquí está tu regalo de cumpleaños. Puede abrirlo en cualquier momento si lo desea. ... De esta manera, se hace! ... Gracias por las rosas. Son hermosas ...... Una bebida? »*

Jeremiah : *«   Si, Por favor, muchas gracias »*

Magdalena se acerca a la barra, le sirve un vaso de whisky sin hielo, y le entrega el cristal. Ella toma otro vaso de vino blanco.

Jeremiah : *« Muchas gracias »*

Magdalena desaparecio por Un momento a la cocina y volvio con el horno aperitivos from. En el equipo de música, un concierto para piano. Ella no puede quedarse quieto. Ella va y viene entre cocina y la sala de estar, ansiosa por saber cómo iniciar la discusión. Con La Cara cerrada de Jeremías, esto puede ayudarla, y por otra parte, el no hace ningún esfuerzo para romper el hielo.

De repente, Magdalena tomó la mano de su amigo, y en paz, lo lleva al sofá y lo invitó a sentarse. Este mismo sofá en el que había cometido su crimen dos días antes.

Jeremías vaciló un momento y luego se compromete a sentarse a su lado en el sofá.

Magdalena : *(los ojos brumosos, vacilante voz)* *« ... Me perdonas ? »*

Jeremiah : *(fríamente) « ¿Qué pasó? »*

ACOSO © Nathanaël AMAH , 2016

¿Cómo decirle a su amigo que toda la explicación de su acto sin sentido se basa en una combinación de circunstancias que lo hizo, la víctima colateral de una situación que se le escapa por completo, una situación en la que ella se lucha desde algunos días? ¿Cómo evitar el ridículo anunciando que ella consiguió una promoción que le hizo perder la cabeza?

Magdalena : *« Lamento sinceramente lo que pasó. Puedes creerme. ... Yo vivo una situación, lo que me sobrepasa y que me vuelve loca. Me sentí humillada .... Que tenía que vengarme, y que fue usted, quien se llevó todo. .... Esta venganza no era para usted ....*

Usted estaba allí en el momento equivocado ... No pude controlarme ... Perdóname.»

Jeremiah : *(imperturbable) « Magdalena,por última vez, ¿qué pasó? »*

Magdalena : *(arrinconada)* :
« *Tengo una promoción* »

Jeremiah : *(sin palabras)* : « *Y eso le da el derecho a violarme?* »

Magdalena : *(Al ver la ira se levanta en él.)* « *No, por supuesto* »

Jeremiah : « *Y qué ?* »

Magdalena tomó un sorbo de vino blanco favorito, entonces, dio un informe detallado de los acontecimientos que (según ella), se habían llevado a adoptar este comportamiento irracional vis-à-vis su amigo. Y muy hábilmente, le preguntó :

« ... *¿Qué me aconseja hacer? Debería renunciar?* ».

Ella sólo ha transferido el balón a su campamento y dejar la responsabilidad de resolver la crisis que estaban pasando entre ambos. ¡Qué talento!

19

En el consejo de Jeremías que logró entender después de muchas explicaciones relativas a la situación en la que su novia está ahora luchando por ella misma, Magdalena está más decidida que nunca para aprovechar esta oportunidad que se presentan en una bandeja de plata por éste que cree tenerla bajo su control. Un gran alivio para ella ver a Jeremías en mejor estado de ánimo vis-à-vis la relación que les une. El final feliz de esta cena de aniversario, da fe de esta recién descubierta armonía. Jeremías fue a casa temprano en la mañana.

Nuevo día en la vida del nuevo asesor técnico del Departamento de Europa. Aunque cansada desde el día anterior, Magdalena se puso a trabajar inmediatamente después de su llegada a la oficina. Lo que ella consideraba ayer como una dificultad, es convertido en una gran oportunidad. Durante su discusión, Jeremías, con mucha razón, le recordó el famoso pensamiento de Sir Winston Churchill quien dijo :

« Un pesimista ve la dificultad en

cada oportunidad; un optimista ve la oportunidad en cada dificultad».

Alentada, Magdalena ha recuperado su agresividad . Ella está decidida a aprovechar los beneficios de esta cita. Después de todo, ella no pidió nada.

Sí,¿ella es realmente conscientes de que, Carlos Edwards y ella, no están jugando en la misma categoría? Carlos Edwards es un depredador. Nadie puede manejar Carlos Edwards. Carlos Edwards es el único. Carlos Edwards es el maestro. Y hay razones para temer que Magdalena va delante de algunos graves problemas si ella piensa que ella puede ganar en contra de la estrategia desplegada por el hombre al que considera posiblemente perdió en esta confrontación.

Incluso si Jeremías ha sido capaz de encontrar las palabras adecuadas y los argumentos adecuados para permitir que ella para volver en la silla de montar. el hecho es que no mide la realidad de la situación en la que su novia es, una realidad que no obedece a cualquier lógica.

Por encima de todo, lo que ignoran, es que, Carlos Edwards se encuentra en medio de una agitación interior. Su matrimonio dando grandes pasos. Él tiene miedo de esta unión que alteran significativamente su estado de seductor, seducción es para él, una segunda naturaleza. Él sabe que esta unión no necesariamente puede hacerlo feliz. Él sabe por qué ha seducido a la hija del jefe. Por otro lado, quiere Magdalena. La quiere más que nunca, en la medida en que la primera parte de su malvado plan tuvo éxito en la fabricación de ella (sin ninguna dificultad), un colaborador directo en la que su influencia puede ser ejercida. Él tiene muy poco tiempo para hacerlo antes de su matrimonio. Él está de vuelta a la pared.

¿Alguna vez ha visto un depredador espalda contra la pared, sin esta formidable contra un ataque, relámpaga, precisa y sin errores? Recordatorio: Carlos Edwards es el Maestro.

20

Fin de la reunión diaria en la oficina de Carlos Edwards en presencia del director del proyecto y Magdalena. Esta reunión informal tiene como objetivo hacer un balance de los avances de la inmersión de la nueva recluta, dentro del equipo del proyecto MT.

Después de la presentación del proyecto del plan de formación elaborado por Magdalena, Carlos Edwards después de la reunión, abogó para completar, un otro tipo de inmersión supone para ayudar a actualizar su visión sobre las costumbres de la buena sociedad rusa. Él sabe que nunca ha puesto un pie en Rusia. Él sabe que su abuela fue de Rusia , muy activa y presente en su educación. La mejor escuela para que le permita estar imbuida de las tradiciones y costumbres del país de sus antepasados. Por lo que ofreció para enviar ella a Moscú una semana antes de su visita a la capital rusa en el marco de la preparación del   viaje del presidente del grupo. Magdalena tiene quince días para preparar este viaje, se espera que dure dos semanas: una semana   sola y una segunda semana con su jefe. Un nuevo golpe de genio en este juego de ajedrez.

Detengámonos un momento en este juego de ajedrez, iniciado por Carlos Edwards. Si bien es cierto que en el tablero, el peón Dama es el elemento más móvil y más potente del juego, hay otro que es el REY, el elemento principal del mismo juego. Muy cuidadoso en el comienzo y la mitad de la primera parte, el Rey se convierte en una parte más activa en el final del juego, posicionándose de manera decisiva y ofensivo. Sin embargo, todo el mundo sabe que el que pierde la Dama, casi se ha perdido el juego. Por tanto, la Dama tiene ningún incentivo para desplegarse demasiado pronto: el riesgo de ataques, dar la vuelta y volver a la posición original es real. La estrategia correcta desarrollado por la Dama debe ser la movilización de todos sus activos con el fin de lanzar un ataque exitoso contra el Rey en el momento apropiado. Pero el Rey tiene un "arma secreta": el enroque que permite que se conecte a la protección de la

Vuelta a refugiarse. El arma secreta de Carlos Edwards es sin duda su posición dominante en la empresa. Posición en contra de la cual,

Magdalena no puede hacer nada.

Visto desde el exterior, la situación parece dramática: batalla silenciosa, astuta, implacable en el Departamento de Europa. Cada beligerante, que se pega a sus convicciones y la esperanza de la victoria final.

ACOSO © Nathanaël AMAH , 2016

21

El día antes de su partida para Moscú, Magdalena fue a St. Genevieve des Bois , en el cementerio ruso en el sur de París. Ella tuvo que hacer este proceso, supersticiosamente, y por la necesidad y por el deber. Para estar más cerca de su abuela, enterrada en esta tierra de la Santa Rusia (transportada a la tierra de Francia por la diáspora rusa desde 1926), es un deber, sobre todo, en la víspera de su partida para Moscú.

Ella recuerda siempre las recomendaciones preciosas de Lidia.

En la tumba, Magdalena se quedó en silencio por un momento y luego se arrodilló mecánicamente. De su bolso, sacó una vela que encendió antes de ponerlo en la lápida.

« ...*Baboulia! Eto ya tvoya malen'kaya Madlen$_4$.... Sí, soy yo ... su pequeña Magdalena. Me voy a casa mañana. Proteger mi viaje .... Baboulia mirando sobre* *mí ... me cuida ».*

Media hora más tarde, Magdalena salió del cementerio a visitar una pequeña iglesia ortodoxa por un momento de meditación y oración para invocar la Santa Iglesia para su protección.

Esta es la primera vez que, se pone el pie en una iglesia desde el funeral de su abuela. Ella tenía un conflicto serio con Dios desde la muerte de su abuela, y ella había jurado no volver a poner un pie en una iglesia. Si bien es cierto que Lidia durante su vida cerca de su nieta, desempeñó el papel de mamá, el hecho es que, el enlace de Magdalena por su abuela, era real. Ella siente un gran vacío y nunca ha perdonado a Dios por haberla llamado a él tan pronto. Ella nunca logró convertir sus quejas profundas en oraciones sinceras. Nunca entendió el significado de la muerte. Ella no cree en la vida eterna. Todo lo que es importante para ella y que la hace sentir tan mal, es este dolor constante que siente desde que perdió la persona que amaba por encima de todo. Ella está inconsolable.

De vuelta a casa después de un desvío por el

internado para abrazar a sus hijos, tuvo la sorpresa de la visita de Jeremías. Esta visita no fue planeada en el programa de la noche, pero Jeremías sintió una necesidad imperiosa de ver a su novia antes de su partida para Moscú. Él sabe que esto no es un viaje ordinario. Él sabe las razones de este viaje

"medio profesional '‚' la mitad de nuevo a la fuente '. Pero su instinto le ordena permanecer vigilantes en esta nueva situación, porque sabe quién es maniobrar y mueve los hilos.. Por lo tanto, la visita no anunciada que es, es un natural en lo que puede denominarse "cortafuegos" para evitar otro desastre.

Al entrar al apartamento, Jeremías encontró a su novia en una bata, con una amplia sonrisa, los ojos limpios, los pies descalzos, cabello mojado, atado en una toalla para secarse después del champú. No se veía sorprendida por esta visita, pero en su lugar, un poco aliviada por su presencia a su lado en la víspera de su partida. Lo que parece que le diera un falso aire casual.

Jeremías se aseguró de pasar por la empresa

de catering italiano. Como es natural, fue a la cocina y unos minutos más tarde, invitó a su amiga sentado, de compartir esta última cena juntos antes de tiempo. Y para atraer a ella, él va a su encuentro, con un vaso de vino blanco en la mano..

Madeleine sonrió en teniendo el vaso de vino blanco. No era su primera copa de la noche.

Magdalena : *(siempre con la cara falsamente relajada)* « *Gracias ! Usted ... usted me entiende bien!* »

Se acurrucó por un tiempo en los brazos de Jeremías, en algún lugar entre el comedor y la cocina. Besos largos intercambios.

Jeremiah : *(un poco irónico)* « *¿Podría caminar hasta la cocina?* »

Magdalena : *(un poca traviesa)* « *No, Llévame !!!! Por*

ACOSO © Nathanaël AMAH , 2016

favor ! »

Como a cruzar el umbral de la cámara nupcial, allí está ella en los brazos de Jeremías, se cierne un metro del suelo, cruzando la puerta de la cocina. Nada como una cámara nupcial, pero Magdalena parece apreciar está llevando en los brazos de su amante. Ella se siente segura, sus dos brazos envueltos alrededor de sus hombros, la cara hundida en su cuello. A unos pasos más antes de llegar al banco. Pero la presión ejercida por los frágiles brazos de Magdalena, es cada vez más fuerte, tanto como para indicar que, esta marcha hacia el asiento no debe ser terminada, o simplemente que Jeremías no estaba en la dirección correcta. Sin embargo, el objetivo declarado es la degustación de una pasta con albahaca preparada por el chef Aldo y rociada con un Chianti Classico cosecha blanco.

Difícil para Jeremías que no entiende las señales de su protegida. Su peso se ha triplicado, por lo que su abandono en sus brazos es total. Por otra parte, la visión de la entreabierta bata, dejando al descubierto los pechos en un pecho en el cual, un corazón está latiendo 1000 pulsaciones por hora, pechos que   invitan al placer, pechos temblorosos,   pechos   nerviosos,   pechos excitantes, y los pechos de color blanco lechoso, todo esto, ha eliminado las últimas dudas.. Sus pies se vuelven más y más

vacilante, sin embargo, el asiento no está lejos. Tiene la boca seca. Su corazón latía con fuerza. Sus piernas flagelo. Lo que debería ser un   simple   "Pasta   Party"   está   siendo transformada (por este inesperados efectos de la transferencia de envidias), a una conquista tranquila, de los cuales Magdalena tiene el secreto.

Al tratar de recuperar el aliento antes de cruzar los últimos centímetros que los separan de la banca :

Magdalena : *(con una voz apenas audible)   «Realmente tiene hambre? »*

No se permite la duda. Jeremías dirigió una

mirada furtiva hacia la pasta de albahaca sirve en platas, y concluyó con rapidez: después de todo, pastas preparadas por el chef Aldo, no es tan terrible! Fue lo cambio el más rápido y el más espectacular de toda su existencia.

22

El dia grande . Destino Moscú. Duro despertar. Noche de insomnio. La sombra de Carlos Edwards flotaba toda la noche en la imaginación de la pareja. En estas condiciones imposible saber si la intensidad de abrazos entre los dos amantes en la cuarta planta es debido a este temor inexplicable de lo que podría suceder a ellos después de que el viaje

de alto riesgo a Moscú, o simplemente el deseo, incluso la necesidad de repostar sus emociones, sensaciones e imágenes, en espera

de su próxima reunión en dos semanas. Desde el fallido "pasta party" de la víspera hasta el amanecer, Magdalena se ha seguido buscando su amante.. Ella ha continuado haciendo el amor con el .. Ella quiere ser marcada con una marca invisible, indeleble, repulsiva. Ella quiere tomar el dulce perfume de su amante y mantenerlo en ella, el dolor de su cuerpo magullado debería recordarle que,

su corazón ya no es que deban tomarse. Por su parte, Jeremías no se deja engañar. Él sabe que no es su destreza en la cama que de repente, han transformado Magdalena a esta criatura increíble, implacable y ninfómana. Él sabe que detrás de este apetito voraz, esconde una gran desesperación. Una vez más, la actitud mostrada por su novia, singularmente denota con su verdadera naturaleza. Magdalena empezó a amar el sexo recientemente. Por otra parte, debido a su carácter introvertido, no puede creer que este repentino apetito sexual obedece a ninguna lógica. Magdalena no es una ninfómana. Mas bien lo contrario. Está claro que este comportamiento no es un buen augurio. Ha tenido suficiente de la omnipresencia de esta Carlos Edwards que envenena su vida, desde hace tiempo, incluso cuando físicamente no está allí.

No se atreve a considerar el hecho de que, a veces, las señales de rechazo no se perciben en algunos individuos. alusión directa a Carlos Edwards que tiene toda la responsabilidad, de ser la víctima (varias veces), de los trastornos causados en la mente de su novia. Convencido de que no es un problema de comunicación entre su novia y su nuevo jefe, dedujo que Carlos Edwards es parte de esta categoría de personas para quienes la palabra "respeto" no significa nada, y que vienen a dar a la gente más difíciles, a fuerza de insistiendo.

El día comienza . Los dos amantes son finalmente dormidos, entrelazados, uno anidado en el otro. en una cama que se parece más a un campo de batalla. El avión de Magdalena despega a 17:00. Jeremías tomó un día libre. La alarma debe sonar al mediodía, en principio. Seis horas de sueño para tratar de reparar los estragos de la noche.

Magdalena, que no suele dormir mucho, abre un ojo. Ella trata de leer la hora en el reloj de la alarma del reloj colocado sobre la mesilla de noche en el otro lado de la cama, y oculta por el cuerpo de Jeremías. 11 a.m.!

Creyendo que puede mantenerse sobre sus pies, ella puso un pie fuera de la cama, y luego un segundo pie. Se subió sobre sus piernas. Imposible poner un pie delante del otro. Ella tiene las piernas de algodón, sus articulaciones se sacudieron con el dolor, los músculos de las piernas son dolorosas. Se dejó caer en la cama, con la esperanza de recuperar la fuerza después.

En el otro lado de la cama, Jeremías dormido, no se da cuenta del drama que se está reproduciendo. 11:10. ella trata de nuevo, de poner en sus piernas. En esta ocasión, pero con gran dificultad, se las arregló para levantarse y moverse hacia el baño. 11:30. Ella está en su bañera, con los ojos cerrados, una toalla colocada en la frente.

Ella volvió a allanar. Ella entiende el origen de sus dolors. Se siente culpable. Ella piensa que, ella ofende de nuevo Jeremías. Ella tiene mariposas en el estómago.

Mediodía. La alarma suena. Jeremías salió del sueño, agotado por su destreza de ayer. Una ducha rápida, una taza de café y se despidió para volver más tarde para traerla de vuelta al aeropuerto.

Magdalena pone orden en el apartamento. Ella comprueba por última vez sus archivos, sus documentos de identidad., su billete de avión. Ella debe mantenerse ocupada. Ella trata de aclarar su mente. Ella vacila entre dos ropas para el viaje. Ella decidirá más adelante. Ella se siente un poco febril. Ella es invadido por una especie de ansiedad inexplicable. Ella no tiene miedo a volar. Ella trató de relajarse, pero fue en vano. Su incesante 'ir y venir' en diferentes habitaciones de la vivienda, dan fe de este nerviosismo inexplicable. El nudo en el estómago nunca se fue.

De repente, sonó su móvil. número de máscaras.

Magdalena : *« ¡Hola »*

En el otro extremo del alambre :

« Carlos Edwards! ¡Hola »

Magdalena: *«Buenos días señor »*

Carlos Edwards :
«Cómo estás ? Lista? »

Magdalena : *« Sí señor, mi avión despegará a las 17:00 »*

Carlos Edwards : *« Por lo tanto, tenga un buen viaje. Nos vemos en la próxima semana »*

Apenas un minuto de comunicación, pero grandes efectos! La supuesta protección pacientemente construido durante la noche, se acaba destrozada. La única voz de Carlos Edwards ha sido suficiente para provocar en ella, que temía el pánico interior, que congela su sangre.

Resistencia y obediencia, que es, sin duda las dos virtudes que Magdalena ahora debe crecer diariamente para hacer coexisten, el orden y la libertad. Lucie Aubrac escribió:

"*El verbo resistir siempre debe ser conjugado en el presente*" !

Difícil de decir que de hacer, especialmente en relación con Magdalena enfrentarse a su jefe Carlos Edwards. Es difícil de decir, cuando en realidad el mero sonido de su voz sacude todas sus certezas.

2h30 . Jeremías está de vuelta. Magdalena está lista. Jeremías se apodera de dos maletas y neceser. Media hora más tarde, Roissy está a la vista. Magdalena odia despedidas. Él la depositó en la puerta de embarque sin derramamiento .

23

Vuelo directo, viajar con seguridad. Aterrizar en Moscú a las 10:35 p.m., horario local. Primera visita en la tierra de sus antepasados. Impresión curiosa..Fuerte presencia de Lidia. Punzada grande. Regreso a casa. Los sentidos están alerta..La metamorfosis está en marcha.. Olores y sonidos son casi familiar. Trámites de policía. Las respuestas a las preguntas rituales sin acento. Equipaje. Paso por la aduana. Nada que declarar.

Magdalena se encuentra ahora en la cola del taxi. Por último, su turno.

«Hotel Lotte». Ella dijo con una voz tranquila al conductor del taxi, a continuación, el silencio total durante los cuarenta y dos kilómetros que separan el aeropuerto desde el hotel reservado por Julia. Entrada en el centro de Moscú. centro financiero y comercial. Avenida New Arbat. Llegada en el Hotel Lotte, cerca de la Plaza Roja, el Kremlin Palace Grand y el Teatro

Bolshoi. Cinco estrellas, letras de oro en la fachada de mármol de fondo gris. Hermoso y lujoso hotel. Gran impresión. El proceso de registro. La recuperación de la tarjeta de pase. Descubrimiento de su Suite. Gran sorpresa: un ramo de rosas rojas en la mesa de café en el salón, acompañado de un sobre. Prioridad: deshacer el equipaje, un buen baño y dormir. Mañana sera otro dia.

En París reuniones preparatorias se llevan a cabo a un ritmo vertiginoso. Todo debe estar listo. Dentro de una semana, finalmente, Carlos Edwards viajará a Moscú para unirse a Magdalena muy "oficialmente" para preparar la llegada de los CEO. Mientras tanto, gran presión dentro del equipo del proyecto MT. Efervescencia de los grandes días. El proyecto de implementación en Moscú es complejo y requiere especial atención a los detalles.

Registros e informes técnicos de los diversos consejos organizaciones, servicios, apoyo institucional y financiero se repiten una y otra vez, y se enfrentaron con el propio análisis y diagnóstico del equipo de MT, para tratar de

ACOSO © Nathanaël AMAH , 2016

detectar si los hay, el pequeño grano de arena que podría descarrilar y detener la hermosa dinámica del proyecto.

El nuevo papel de Magdalena ha evolucionado considerablemente desde su integración en el equipo del proyecto. Esta función va mucho más allá de la simple misión de entrenador e intérprete. Ella de hecho debe preparar al equipo MT para hacer frente a choque cultural, lo que podría ser el obstáculo en la fase final de la aplicación.

Carlos Edwards parece estar completamente absorbido por este proyecto. Su grado de participación en la organización de los preparativos finales, da fe de este deseo de tener éxito. Se dedica todo su tiempo a este proyecto. Él casi no tiene vida personal. Pero Geraldine ha encontrado una solución : se ha obtenido en el mayor secreto, el acuerdo de su padre para el viaje. Y, como ella no hace las cosas a medias, ella irá a Moscú unos días antes, en el mayor secreto para sorprender a su prometido a su llegada.

Ella obtiene fácilmente y con gran secreto, la información necesaria que debe seguir siendo muy confidencial sobre el alojamiento de su prometido en la capital rusa. También se ha informado de que, un colaborador del grupo ya está presente en el país y estaría en el mismo hotel. Podía, en estas condiciones, actuar como intérprete. Julia, que ignoró sus intenciones nefastas vis-à-vis el jefe de Magdalena , dio todos los detalles para permitir a Geraldine, para organizar lo que ella considera como una "gran sorpresa" a su prometido. Mientras tanto, ella está muy emocionada por su viaje previsto a Moscú. Una especie de luna de miel antes de la hora.

03 am. Moscú. Brusco despertar. Magdalena no puede ya dormir. Se siente un poco perdida en su cama de matrimonio. Ella tiene hambre. ¿Qué contiene la nevera de la habitación? Casi nada, ya que hay un servicio de habitaciones 24/24.

Mientras hojeando el menú febrilmente tratando de encontrar un aperitivo, su atención fue atraída de nuevo por el sobre blanco, manchado a su llegada, cerca del ramo de rosas rojas en la mesa de café en el salón. El sobre está sellado y no tiene ninguna referencia externa visible. Después de un momento de vacilación, como si ella temiera lo peor, abrió el sobre y antes de leer el contenido, sus ojos se posaron directamente sobre el firmante de esta carta misteriosa. No hay verdadera sorpresa, se lee: "Carlos Edwards." La pesadilla continúa.

De hecho, a pesar de una tasa de ocupación cercana al 100% debido a los preparativos finales antes de su viaje a Moscú, Carlos Edwards tuvo la idea y el tiempo para entregar rosas rojas y enviar un mensaje de bienvenida a su colega a través del servicio de comunicación de hotel. Estos son hermosas rosas rojas.

En la imaginación popular, solamente un hombre romántico puede ofrecer flores, ya sea para declarar su amor a una mujer o para marcar una ocasión muy especial. Dando la bienvenida a su colega en el otro lado del mundo, en realidad puede ser considerado como una ocasión especial, sobre todo cuando estas flores son un símbolo, teniendo en cuenta su naturaleza. Carlos Edwards no es el tipo romántico. Un depredador no es un sentimental.Un depredador rastrea a su presa.

24

Día - 6.

Después de una noche discontinua y no muy relajante, Magdalena salió de su sueño un poco después de las diez. Ella se queda en la cama durante un tiempo, luego, en un baño relajante antes de ordenar un desayuno: una taza de té, yogur, dos o tres blini y pescado ahumado. Como de costumbre, ella está con los pies desnudos debajo de la mesa. Ella come este desayuno con como ruido de fondo,

el programa de unos canales de televisión del gobierno, la emisión de una programación local, a esta hora de la mañana. No hay manera de ver canales comerciales, ofreciendo las mismas series americanas.

El clima es un poco más fría en esta mañana que en Francia, sin embargo, se establece justo. No se ha anunciado la lluvia. Por lo tanto, es un día propicio para tratar de descubrir el entorno muy inmediato que no podía ver el día de su llegada.

La planificación de la jornada, en el plan de

trabajo, no es realmente define al principio de su estancia. La prioridad es determinar las razones técnicas de esta estancia que parece cualquier cosa menos un viaje de negocios, al menos en apariencia. Lo importante es saber lo que subyace a la palabra "inmersión" que se utiliza en varias ocasiones en el establecimiento del orden de misión, para su estancia en Moscú.

Las directrices del "jefe" son claras. La inmersión en la sociedad rusa con el fin de recuperar la sensación, reflejos, buen comportamiento, en una palabra, hacer una inmersión en esta sociedad particular que es la sociedad rusa para recuperar el alma eslava en lo que tiene de más atractivo. Que son las condiciones básicas para el conocimiento de las peculiaridades de la cultura rusa, que garantiza una buena aproximación cultural a los socios comerciales mejor comprensión, las manos y así entender sus expectativas para el comercio. En una palabra, y si nos ponemos en la lógica peculiar de Carlos Edwards : conocer bien el oponente para controlar mejor el oponente.

Maquillaje ligero, actitud despreocupada , Magdalena está lista para hacer esa inmersión como se esperaba.

Con el plan de la ciudad en el bolsillo, su bolso en el hombro, aquí está ella, descendiendo, uno por uno los peldaños de la escalera enorme ricamente decorado con hierro forjado finamente tallada, sus pies pisotean la alfombra gruesa, impecablemente mantenido, dando la impresión de caminar sobre un colchón de aire. Ella vuelve a descubrir el hall de entrada todo de mármol, su sinfonía de grises desde el suelo hasta el

techo, columnas, varios candelabros, esculturas de cristal, nichos abiertos, mesas de café, sus ramos, acabado dorado, exóticas plantas en macetas en macetas de color dorado, ...

Breve parada en la recepción del hotel para hacer dos o tres consejos sobre lugares esenciales para visitar en primer lugar.

Ella se siente bien. A ella le gusta hablar ruso. Su acento ruso es perfecto. Ella recuperó sus automatismos. Ella tiene la impresión de haber estado siempre presente en este país. Ella no se siente desorientado. El hecho de pensar en ruso, la divierte tan .

Plaza Roja (en veinticinco minutos a pie), no parece interésante en este momento, a pesar de la proximidad de este lugar famoso y simbólico. Demasiado clásico para ella. Además, ella tendrá tiempo para visitar más tarde.

Más bien, quería caminar por la ciudad, un poco para adaptarse a su estado de ánimo, sólo para recuperar el tiempo perdido. Ella piensa en Lidia. Ella habla con ella en su corazón. Ella se siente renacer. Ella quiere experimentar el placer inefable de caminar fuera del circuito dedicado a los turistas comunes. Ella quiere respirar Moscú. Ella quiere hablar con la gente. Ella quiere ir al teatro. Ella quiere visitar museos. Ella quiere tomar el metro, no para el metro, pero para admirar las estaciones que son obras maestras arquitectónicas puras, museos reales subterráneo. Ella quiere ver todas las cosas de las cuales, lo que oyó hablar durante tantos años..

Más prosaicamente, para el almuerzo, el conserje del hotel había recomendado la Margarita por un cambio total de escenario al nivel del gourmet. Todas las buenas ideas son bienvenidas.

Día ocupado. Regreso al hotel en el medio de la tarde. Siesta corta que ayudó a recuperarse de este frenesí, que animó a su mente todo el día, y que denota singularmente de su verdadera naturaleza. La metamorfosis es radical.

Conexión. Recuperando de los correos atrasados. Entre ellos, un montón de cuentas - actas de las reuniones MT. Nada emocionante. Leer una y otra vez para ver si las nuevas disposiciones deben ser tomadas en cuenta en el desarrollo e implementación del plan de enfoque cultural.

Una mirada a la ventana. Es de noche. Volver a la tabla. Un mensaje largo a Jeremías, por le decir sus primeras impresiones al final de esta jornada de descubrimiento, un día emocionante.

25

Saint Cloud (Francia). la cena semanal con los padres de Geraldine. En el menú urdido por Belinda, la vieja cocinera portuguesa : el gazpacho, la caldeirada y para terminar, los Pasteles de Nata.

Ambiente bastante amable a pesar de las preocupaciones del uno del otro. Los intercambios de miradas de complicidad entre Geraldine y su padre acerca de la sorpresa en preparación. Carlos Edward sospechar nada, incluso si se descubre que su prometida es más relajada de lo habitual, incluso muy feliz. Él no tenía derecho a su letanía habitual y sus versos sobre la esposa descuidada. Mas bien lo contrario. Geraldine le ha informado, acerca de un posible viaje a Italia con un amiga para tratar de encontrar el par de

zapatos que le falta para completar su ajuar de boda. Para Carlos Edward, no hay nada excepcional en que, conociendo los caprichos de su prometida y su dificultad para ser satisfecha por las cosas más hermosas que

están dentro de su rango. Así que ir a Italia o en otro lugar por un par de zapatos, por qué no!

Aquí él está casi asegurado. Un menor peso de manejar. En pocos días volará a Moscú unirse a Magdalena. Y mientras Geraldine visitará (lo más probable) los grandes almacenes de zapatos de lujo a través de Roma, tendrá un montón de tiempo y tranquilidad para refinar su malvado plan.

Carlos Edwards : *« ... Y vas a ir allí cuando, mi corazon ?»*

Géraldine : *« En dos días, querido, el momento de .... »*

Carlos Edward : *(inmediatamente la interrumpió « tiempo para conseguir qué? »*

Géraldine : *(un poco en problemas) « ... Euh... tiempo para llegar a mi cita en Italia en Ferragamo ... yo no le he dicho, querido? »*

Carlos Edward : *(sorprendido) « ¿Quieres*

zapatos de encargo, si entiendio bien ?»

Géraldine : *(con una gran sonrisa en los labios)* « *Si mi amor !!!! No se olvide corazon , que, es para usted que voy a hacer esto. ¿No eres feliz? »*

Carlos Edwards : « *¿Seguro, usted tiene el tiempo suficiente? Hay, apenas unas semanas antes de la boda ... Se necesita tiempo para hacer un par de zapatos ...»*

Géraldine : « *Amor ! Ya sabes que casi siempre consigo lo que quiero. No te preocupes. Usted puede ir en paz en Moscú, y cuando vuelva, hablaremos.»*

Carlos Edward : « *Está en tus manos. Hay tantas tiendas en Francia .... Por fin! ¿Quieres que te deje en el aeropuerto?»*

Géraldine : *(avergonzada)* « *No querido, eres demasiado ocupado con su proyecto. El conductor del papá me caerá en* *el aeropuerto. Mañana por la noche, me va a dar un salto en su apartamento para darle un beso. Tomaremos un vaso al club, esta noche??»*

Geraldine es más enamorada que nunca. Ella tiene que vivir un cuento de hadas. Entre la realidad y el sueño, ella ha elegido resueltamente su lado, y no por falta de madurez, sino simplemente para escapar de su pasado. Por lo que se observa en la relación entre sus padres, se dibujó una gran fortaleza y tenacidad incomparable. Ella quiere ser una princesa. No es la princesa por un día, pero la princesa de su corazón y para siempre, incluso si ella sabe que, en su corazón, no va a ser fácil de encontrar el compromiso adecuado entre las actividades de su siguiente

marido y su vida en común. Sabiendo que Carlos Edward toma el mismo camino que su padre, y que ella Geraldine, un día, será probablemente en la misma situación que su madre. Sin embargo, se niega a ser cascarrabias como su madre y admitir que la vida (incluso en oro) puede ser aburrida. No está en su naturaleza a capitular. Además, no decimos: "¿Quién se casa por amor tiene buenas noches y días malos"?

¿Ella inconscientemente tiene en su corazón (que estaba encaprichada con el hombre que ama con pasión, pero de lo que ella conoce tan pocos), este enorme necesidad de sufrir por la elección de casarse con alguien como él?

Aun así, se tiene en cuenta, ese viejo proverbio búlgaro:

« Si no encuentra un enemigo para ti, recuerda que su madre dio a luz a uno. »

Proverbio que le pide que desconfiar de su descuido, sus favoritos, sus certezas. Pero si no es ella misma, quien será ella por ella? Y si ella no vive para sí misma, que vivirá por ella?

De hecho, Geraldine es una mezcla dulce de la sinceridad, del resentimiento, de la venganza, de la falta de fuerza, del egocentrismo, de la irrealidad, de la quimera. Un concentrado de los sentimientos más inesperados en un cuerpo esplendido.

Ella es la coartada perfecta de un dotado, que tiene sed de reconocimiento. Ella lo sabe. Ella ha adivinado. Ella juega. Ella continúa para jugar. Pero por ahora, ella quiere decir esto a su prometido :

« Sé mi marido !»

Y para mostrar su determinación a seguirlo hasta el fin del mundo, decidió darle una sorpresa al presentarse ante él como arte de magia en Moscú.

Ella se alegra de antemano de los efectos de esta sorpresa.

26

Día - 5.

Magdalena se despertó muy temprano con una idea en mente. Esta idea no sale de ella. Hacerlo fuera ! Encontrar la forma de salir de esta trampa de oro. No es fácil.

Desde su cama, ella mira a su alrededor. El lujo de su suite tiene suficiente para intoxicar a ella, en más de un sentido, y para empujarla a sucumbir a los encantos sutiles de su atacante. Se da cuenta de la realidad de la situación ahora, después de que los efectos de sus primeras emociones sentidas a su llegada a Moscú se desvaneció. Ellos fueron de corta duración, estas emociones. La emulsión se deja caer a la parte inferior del vaso de agua. La emoción ha terminado. La realidad vuelve a sonar. Su ansiedad también.

Magdalena se encuentra en la piel de un animal perseguido, cazado y debe encontrar tácticas para evadir su perseguidor. El truco no es evidente y su aplicación incluso menos, porque Carlos Edward es un verdadero cazador, por él mismo. Sin duda.

El timbre suena . El desayuno. El servicio de habitaciones instala la mesa y coloca el plato de desayuno. En el carro, un ramo de rosas rojas. No hay tarjeta de este tiempo. Sólo el ramo. Una docena de rosas. Son maravillosas. Qué descaro! (Pensó). Ella sabe de que llegado esas flores.. Ni siquiera se hace la pregunta. Lo que sabe por contra, es que cada uno de los pétalos de las rosas son todos los dientes afilados que adornan la mandíbula de la trampa en la que ahora se acerca a ella.

Hacia quién, ella podría vertedero sus críticas , sus quejas , si no es hacia ella si misma? Ella se siente como un condenó encerrada en una torre dorada, en silencio esperando el día de su ejecución. Hacia quién, para implorar la ayuda? ¿Qué esperanza le vincula ella , ahora a su vida de antes? Lo que mantiene viva su esperanza , finalmente ?? Sin embargo, no se sienta culpable por nada. Muy por el contrario. Su manera fría y despectiva a considerar las cosas, su desprecio de la humanidad, tiene alejado más de uno. Entonces, ¿qué salió mal esta vez?

Muy lentamente y en silencio total, se tomó su desayuno mientras que tiene en su vista, este bouquet con una deliciosa fragancia que exhala, en toda la habitación. Perfume, signo precursor de un posible escándalo (si se puede decir así).

Después de comer, ella se encerró en el sofá, conecta su tableta y empezó a leer la prensa rusa en el Internet. Un buen tiempo de lectura seguido de una breve siesta de la mañana. Al despertar, siempre con la misma despreocupación, se preparaba para ir a dar un paseo por la ciudad.

Desde su llegada, no una línea escrita en el enfoque cultural. Sin embargo, Magdalena no es parte de la categoría de aquellas personas que les gusta trabajar en la emergencia. Mas bien lo contrario. Ella tiene en mente una idea clara de lo que debe ocurrir como parte del proyecto. Pero ella tenga como un bloqueo que le impide avanzar. La lectura de la documentación técnica para el proyecto no se ha completado, y los documentos anotados por el gran jefe continúan llegando en su casilla de correo electrónico de transmisión. A partir de estas anotaciones, ella debe responder de manera adecuada en la práctica y cultural. Sólo cuatro días antes del desembarco de Carlos Edwards.

En París, todo se acelera, siempre en el mayor secreto. Geraldine termina para preparar su equipaje. Se las arregla para obtener su visa ruso en un tiempo récord, gracias a la relación de su padre. Por lo tanto, nada se opone a este viaje a gratamente sorprender a su prometido.

27

Día 4.

El avión de Géraldine, acaba de aterrizar a Moscú a finales de la mañana en el mayor secreto. Julia fue capaz de mantener el secreto hasta ahora. ¿Esto va a durar? Nadie sospechaba que el prometida de la empresa líder es en Moscú, excepto Julia y sus padres.

Lotte Hotel. Curiosamente, de manera fortuita, la suite de Geraldine es lo mismo piso que la ocupada por Magdalena. Ella sabe que un miembro del equipo del proyecto MT, está alojado en el mismo hotel. Pero ella no quiere conocer a esa persona. Ella quiere preservar la sorpresa. Podría haber fugas desafortunadas.

Magdalena que sospeche nada, mantenerse ocupada, así como sea posible, en este final de la mañana. Su angustia se ha apoderado.

Ella se niega a creer que este es su destino.

Ella se debate entre sus miedos y su

obligación de centrarse en la escritura de su papel y perfeccionar su plan de acuerdo a los términos de su orden de misión. Esto apenas deja tiempo para ella, para pensar en las complejidades de la vida que lo rodea y lo abruma.

Sin embargo, como acertadamente dijo Jean Cocteau a saber : "la frivolidad es la mejor respuesta a la angustia," ¿qué podría ser mas natural y más apropiado que un paseo en la ciudad, además de gozar de los placeres simples de compras?

Geraldine tomó posesión de su suite. Ella reconoce que es un lugar hermoso. Sin embargo, la imagen será completa, cuándo llegará a su prometido. Mientras tanto, se refina su puesta en escena para sorprender a su prometido. Ella se regocija. Pero, por ahora, la fiebre de compra ha tomado posesión de ella, a pesar del cansancio de su viaje
Hasard? ¿Coincidencia?

¿Cómo explicar que, en el momento

adecuado, Geraldine y Magdalena deciden abandonar sus suites al mismo tiempo?

¿Cómo explicar esta improbabilidad de que llevó a estas dos mujeres cortejadas por el mismo hombre, para reunirse en los pasillos de este gran hotel?

El pensamiento racional tiende a atribuir a la casualidad de que, pero visto desde el exterior, este evento parece seguir una lógica diferente.

A pesar de que este encuentro entre estas dos mujeres que, movidas por sentimientos, objetivos y actitudes diferentes, más o menos, debido a la casualidad, el alcance del poder de las consecuencias inducidas por esta improbabilidad, escapa a cualquier explicación causal, ya que la fuerza de esta improbabilidad nos sugiere que, esto sólo puede ser una pura casualidad.

De hecho, después de un breve paso por el baño para ajustar antes de salir, Geraldine, bolso de hombro, teléfono móvil atornillado a la oreja, se sale de su habitación y se dirigió hacia los ascensores.

ACOSO © Nathanaël AMAH , 2016

Mientras tanto, Magdalena había terminado de arreglarse. Ella tomó su bolso, y después de un último vistazo en el espejo, se abrió la puerta y la cerró detrás de ella. Ella se dirige hacia los ascensores.

Geraldine avanza muy lentamente mientras se sigue con los ojos, las señales de los ascensores.

En el otro lado de la línea, su vieja amiga Shirley, amiga Inglés de visita en París. Se no habría perdido la oportunidad de encontrarse con su amiga, por todo el oro del mundo, pero la importancia de su viaje a Moscú, eclipsar todos los eventos del momento, incluso si eran todos muy importantes, con respecto a la otra.

Las dos mujeres están lado a lado en frente de los ascensores.

Hasard: acto 2!

Geraldine comenzó a explicar a su amiga Shirley, las razones de su presencia en Moscú. Magdalena no pudo evitar audiencia, tanto

Geraldine está excitada, habla en voz alta y da todos los detalles.

Sucedido lo que tiene que suceder: El nombre de Carlos Edwards se pronuncia.

Magdalena entiende lo que está sucediendo. Se agarró inmediatamente la importancia del evento se desarrolla ante sus ojos. Ella está al lado de la novia de su jefe. Instintivamente, se dio un paso atrás como si fuera a ver la parte posterior de esta mujer que ha oído, para observar mejor cada detalle que justifica por qué Carlos Edwards la deja para su beneficio. Como si de la parte posterior, que podía ver todo. Pura ilusión, de hecho! En realidad, ella puede ver su pelo, su altura, su aspecto general.

En ese momento, las emociones conflictivas y entrelazadas resuenan en su mente. Ella se siente en la piel de un rival?

Alguien dijo : "... *No hay peor tortura para la mujer engañada que la idea de la profunda felicidad de su rival...*".

 ACOSO © Nathanaël AMAH , 2016

Pero, ¿quién es la mujer? ¿Quién es el rival? ¿Por de pronto, se pone a sí misma en la postura del rival? ¡Misterio!

Ella : tan tranquila, tan atenta, tan racional! ¿Cómo es posible que, ante la mera visión de Geraldine, cayendo en ese delirio mental, sin nombre? La pesadilla continúa!

Hasard : acto 3 !

Es la hora de cenar. Magdalena, que estaba acostumbrada a cenar a sola con ella misma en su suite, ha sentido el deseo o la necesidad de comer en el restaurante del hotel. Acarició la secreta esperanza de volver a ver el prometida de su jefe. Ella reservado una mesa en la recepción del hotel.

Incluso si Magdalena habla un perfecto ruso, la dirección del hotel ha pensado en hacer el bien con la decisión de colocar las dos mujeres de París, en la misma mesa.

20:30. ambiente habitual en un restaurante de un gran hotel. vestidos de noche para las mujeres, traje y corbata para los hombres. Los camareros explicar el contenido de los menús y dan consejos. Los aperitivos se sirven. Los primeros pedidos se envían a la cocina.

Geraldine llegó el primero. El mayordomo le informó que ella compartirá la mesa con otro cliente francés estancia en el hotel, durante varios días. Sin reacción particular de ella. Mientras tanto, una copa de champán sería apreciada.

Unos diez minutos más tarde, Magdalena entró en el restaurante. Mientras esperaba para el camarero que la llevan a su mesa, ella no puede resistir la tentación de echar un vistazo a la multitud.

Finalmente su turno : el mayordomo le informa acerca de la decisión tomada por la dirección del hotel. Magdalena esboza una de sus sonrisas de los grandes días. Ella sabe quién es.

El mayordomo se la lleva a la mesa de Geraldine que ya está en su segunda copa de champán. Para ella será un "Blanco Ruso".

Géraldine:*«Géraldine»*

Magdalena : *«Magdalena»*

Las presentaciones se realizan.

Géraldine : *« ¿Está gastando sus vacaciones? »*
Magdalena : *«No , y usted?»*

Antes de responder, Geraldine ordena una tercera copa de champán.

Géraldine: *« Sí, podemos decir que sí! "." Sí, vacaciones antes del gran día »*

Magdalena quiere mantener el control. Se mantiene en su sola única copa de "Blanco Ruso". Ni uno más.

Su ventaja psicológica le permite tirar de los hilos, a menos que Geraldine sabe un poco más de lo que quiere dejar de mostrar.

28

Día 3.

Magdalena no podía dormir toda la noche. No porque la cena fue eternizada o la noche terminó tarde en un club de moda, sino simplemente porque Geraldine ha hecho sobre ella, una sensación extraña.

Esta impresión se hacía sentirse incómoda. Este malestar se ha apoderado de sus pensamientos desde que regresó a su suite. No entendía el trastorno que continúa invadiendo ella.

Alguien podría decir que este encuentro casual con Geraldine sería en realidad, la alarma que le dijo que ser conscientes del peligro que representa , el "pequeño" Carlos Edwards para ella, que dicho seguro se apoya en la realidad de la existencia de un novio y un plan de boda inminente.

La problemática ha cambiado desde que

Magdalena vio Geraldine y habló con ella. Desde la compañera de trabajo acosada por un compañero, ella ahora razona a través del prisma de una rivalidad entre dos mujeres que son cortejadas por el mismo hombre. Así que ella no sabe de qué lado estar : el lado rival o el de la mujer cortejada?

La situación no es sencilla: ella es cortejada por un hombre que está a punto de casarse con otra mujer.

Ética o la moral?

*«... **Tal es la libertad humana que todos se jacta de poseer y que consiste en esto de solamente a los hombres son conscientes de sus deseos , y ignorantes de las causas que los determinan**.....» 5*

Por cierto, ¿cuáles son las normas sobre la materia en esta vieja buena sociedad de los seres Humanos con un gran "H"?

¿Quién puede negar que todas las mujeres, que participan o no participen en una relación, necesitan sentirse deseable? ¿Quién puede evitar que la misma mujer de estar en una expectativa secreta y extraña, para dejarse seducir, a pesar de ella, poniéndose deliberadamente en una forma de complicidad, obligándola a bajar la guardia y su propio juicio? A no ser que vive en un mundo de inesperado, la cosa parece poco probable. Es poco probable, debido a Jeremías existe. Es poco probable, debido a Geraldine existe.

Sin embargo, la emoción que se genera diariamente al recibir ramos de rosas rojas, la pone, de hecho, en una posición incómoda: se da cuenta, sin llegar a admitir que eso, los ramos de flores se espera casi todas las mañanas. Esto es lo primero que comprueba cuando el servicio en la habitación trae su desayuno.

Por último, en la actualidad, ella   llevando a cabo su propia naturaleza? Ella se asustó acerca de sí misma. Pero ahora parece haber olvidado esta retención que,   caracteriza ella

ACOSO © Nathanaël AMAH , 2016

tan bien.

Para Geraldine que ha despertado muy tarde por la mañana, Magdalena no es simplemente una dama parisina, pasando por Moscú. Ella era la única francés, excepto ella, presente en el hotel en la medida en que sólo eran dos de Francia en torno de la mesa, entre los clientes agrupados por nacionalidades. Razonamiento simplista pero correcto, teniendo en cuenta el número de flautas de champán que ordenó.

Pero bajo su falso aire de persona borracha, Geraldine cuya mente no está totalmente bajo la influencia del alcohol, pronto se dio cuenta de que Magdalena es el miembro del equipo MT presente en el hotel, incluso si ella hablaba con el camarero en un perfecto ruso.

Y ella no quiso decir quién es ella . Ella quiere preservar la sorpresa a su novio a toda costa.

La perfidia de Magdalena estaba en la cúspide de su malestar frente a Geraldine. Sus preguntas apremiantes bajo las apariencias inocuas, han despertado en ella , las preguntas en cascada y sospechas reales. Pero como dicen en Alemania: la perfidia siempre cae

sobre su autor. La respuesta no se hizo esperar.
Geraldine que fue capaz de frustrar todas las
trampas de su compatriota curiosidad, y
despertando en ella , más curiosidades.

29

Dia 2.

En París, Carlos Edwards no puede imaginar por un momento, lo que está sucediendo en Rusia. Sus archivos están listos. Él no parece en absoluto preocupado por no saber de su prometida, oficialmente en Italia. Él no ha tenido tiempo para pensar a ella.

Esta noche, tiempo de relax. Una parte de la noche en un club en París. Sólo para probar de nuevo, esta libertad tan cara a su corazón.

En Moscú, Magdalena finalmente decide realizar la versión definitiva de los elementos relativos a los hábitos ruso en el ámbito de las negociaciones comerciales, destacando el estilo único de la comunicación en Rusia para evitar malentendidos y errores de este modo.

En volver a leer sus notas, está tomada de un pánico repentino. De hecho, uno de los aspectos de las reglas para tener éxito en los negocios en Rusia es la construcción de relaciones. Claramente, que deben estar preparados para pasar tiempo con sus homólogos rusos para establecer una relación duradera de confianza. Y quien debe ser sacrificado para eso? Por otro lado el juego no se gana. Carlos Edwards no es una persona paciente. Él es un hombre muy ocupado que no les gusta esperar y no le gusta tomar precauciones para decir lo que piensa. Sin embargo, los rusos son muy patriotas y no aceptan fácilmente críticas en relación con su país, su política y todo lo demás.

Magdalena ahora ella sabe lo que es el dolor que se inició mediante la aceptación de esta misión.

Su mente se hizo más clara. Se puede analizar la situación con más calma. No hay manera de dar marcha atrás. Por ahora, se pone provisionalmente Geraldine entre paréntesis, y se centra un poco más en su trabajo. La inmersión es completa. Ella es más lúcida.

Exactamente en dos días, Carlos Edwards llega a Moscú. Cualesquiera que sean las intenciones de su jefe, Magdalena no quiere ser descalificada. Si hay "juego", ella quiere jugar el juego hasta el final. Ella absolutamente quiere demostrar profesionalismo, llevando a su pequeña piedra al edificio.

Instalada en su mesa, Magdalena grifos febrilmente en las teclas de su teclado. Ella no ve las horas que pasa. Ella está totalmente tomada por el ritmo de este trabajo tedioso, incluso un poco innecesario. Ella sabe que Carlos estaba rodeado de las mejores firmas de consultoría de negocio, especializada en estudios de impacto, especialmente con respecto a Rusia. Ella es consciente de ello. Y es absoluta no es el momento, volver a pensar de los méritos de su traslado al prestigioso Departamento de Europa. Lo que es importante, sobre todo, es la obligación de que ella escribir un documento que probablemente no será leído.

30

Día - 1.

La excitación y la impaciencia de Geraldine han subido a un nivel superior. desde su despertar, ella se cuelga en el teléfono con sus amigos que, se han puesto en el secreto a pesar de ellos. Las opiniones están divididas. Hay quienes son tremendamente excitado, y están ansiosos de obtener la narración detallada de la mañana. Algunos otros están tentados a ponerse en contacto con Carlos

Edwards para evitar que se caiga en esta trampa, que no se atreve a decir su nombre. Entre ellos, algunos hubieran querido estar en el lugar de Geraldine. Pero ellos no se atreve, se limitan a garantizar la validez de esta "sorpresa" de que su querida amiga, reserva para su prometido. Ellos conocen la reputación de Carlos Edwards. También saben la perfidia de Geraldine. ¿Lo que trata de hacer en realidad?

Ellos creen que la pareja no va a durar.

Las razones son las siguientes :

-   La reputación depredadora de Carlos Edwards da a él, un perfil de lobo solitario,
-   la necesidad visceral de Geraldine de que exista a través de sus muchos amigos.

Él, el lobo solitario, necesita conquistas rápidas y sin futuro. Él no puede vivir sin su areópago.

La combinación de estas dos características, a priori parece predecir un fracaso. Pero para aquellos de entre ellos que conocen el por debajo de las tarjetas, el peso de la decisión de hacer tener éxito en esta pareja (en construcción) , se inclina hacia el lado de Carlos Edwards. La pareja debe tener éxito. Y este éxito va a ir de la mano con su ascensión a la cima de la jerarquía dentro de la empresa. Esto es algo que pesó mucho en su decisión final para formar una pareja con Geraldine. Un éxito social en contra de un poco menos de libertinaje. Un tipo de contrato "moral" en el que coexistirán el éxito y la exposición. Lo tomas o lo dejas. ¿No dicen que, la diferencia entre lo posible y lo imposible, es sólo en la medición de la determinación de querer o no?

Estos fueron, los datos de unos meses, antes de la aparición de Magdalena en el visor de Carlos Edwards.

Hasta la fecha, ¿cuál es la fuerza de esta determinación que lo convertirá en el futuro CEO de la compañía? ¿cuál queda, de esta hermosa ambición sin límites, ruidosa y devastadora?

Lo que es seguro es que Carlos Edwards se distrajo de su propósito original. No es propio de él.

En la víspera de su partida a Moscú, se tomó su tarde libre, sin dejar de ser en relación constante con el director del proyecto. Peluquería, pequeñas compras anteriores, de vuelta a su apartamento en el distrito XVI de París, en la tarde.

El no puede quedarse en el lugar. Sin embargo, esta no es la primera vez que se está moviendo. Pero siente que el tiempo no pasa rápidamente. Él no puede dominar esta curiosa sensación de impaciencia. Como si la recompensa era al final de esta expectativa, si nos referimos a este viejo proverbio chino, a saber : una buena acción, aunque dudoso, nunca hace quedarse sin recompensa. De todos modos, la tonta esperanza de esta supuesta "recompensa" no le ayuda a calmarse.

31

El día.

Comienza el día.
En principio, en la sabana, es el momento en que los animales salvajes vuelven de nuevo a la cama después de una noche de intensa caza.

Pero a diferencia de las bestias salvajes, caza por necesidad y para la supervivencia, las motivaciones de Carlos Edwards son diferentes. Él no tiene hambre, su supervivencia no está amenazada. Mas bien lo contrario. Pero él inventó para él una necesidad que le molesta, que ha creado un hambre que lo atormenta. Día de salida, temprano por la mañana. Él está en un estado de nerviosismo extremo. Pasó la noche en vela. No está en sus hábitos. Por lo general, va a la cama en la madrugada, saciado y satisfecho.

En Moscú, Magdalena logró completar sus archivos, difícilmente. La noche fue corta. Dos o tres vasos de vino blanco, finalmente superó su insomnio. Al despertar, la cabeza de un tornillo de banco, descubre que su cama es un verdadero campo de batalla. su rostro está cansado.. Un verdadero horror. Ella se siente mal. Sus oídos están sonando. Su presión arterial es a un nivel superior. Ella es lívida. La planta da paso bajo sus pies . Volvió a la cama por un tiempo. Ella debe estar tranquila. Ella necesita dormir.

En la suite de al lado, Geraldine se despertó al amanecer. A la espera de su desayuno, se revisa su programa del día. Ella es sorprendentemente tranquila. Su proyecto se mantuvo en secreto. Sus amigos han guardado silencio. Pero, ¿cómo convencer a la dirección del hotel para mover su equipaje en el hermoso suite de Carlos Edwards?

Ella envió una solicitud a tal efecto a la dirección del hotel. Pero la dirección del hotel ha dudado en dar su acuerdo en nombre del sacrosanto principio de la inviolabilidad de las habitaciones asignadas a los nuevos clientes VIP. Por otra parte, no puede justificar su condición de esposa legítima de Carlos Edwards, la dirección del hotel no puede, por tanto, conceder su petición para entrar en la suite de su prometido. De hecho, ¿por qué correr el riesgo de alterar y decepcionar , la relacion con un tan importante cliente? ¿Por qué ser cómplice de un caso por el cual, todo el mundo ignora el alcance, las implicaciones y consecuencias?

A la espera de encontrar las respuestas correctas a todas sus preguntas, Geraldine, aún en una calma muy Olímpica, se encuentra ahora en la mesa del desayuno. Un auténtico desayuno ruso, que nunca ocurrió, desde su llegada a Rusia. Ella se muere de hambre. Ella pertenece a esta categoría de personas a las que una situación de estrés crea un impulso incontrolable de comer y otra vez. Sin embargo, la silueta de Geraldine no sugiere tal inclinación.

En París, Carlos Edwards, cuya la partida está prevista para 17:00, pasa una parte de la mañana en la videoconferencia con su equipo, desde su casa. Precaución definitiva para tomar en cuenta la información más reciente y para dar las instrucciones finales. Magdalena finalmente emerge de su sueño por la tarde. Ella quería dormir sólo una hora. Pero, en realidad, había dormido cuatro horas.

Primera reacción : la consulta de su correo diario . Nada especial, aparte de la confirmación de la llegada de Carlos Edwards. Primera sesión de trabajo del día siguiente a las 10 horas. Una llamada perdida en la mañana.

15:00 (hora de Moscú). Geraldine aún no ha recibido el visto bueno de la dirección del hotel. Una "Géraldine" sin un plan B no existe. Y hay razones para temer que, este plan B, riesgos para crear chispas, en vista de su capacidad de conseguir siempre lo que quiere.

Geraldine no ha tomado la decisión de casarse, ni para poner fin a una vida aburrida como una joven de buena familia, ni para escapar de la tiranía de una madre loca y no aptos. Ella tomó esta decisión por pura necesidad: seleccionar el mejor para crear su propia familia. Ella necesita la semilla de un campeón para dar el padre ideal para sus

hijos. Algunos podrían decir que ella ha tomado este compromiso por el egoísmo puro, ciertamente no por la pasión.

Al igual que cada vez que se enfrenta a Carlos Edwards, Magdalena siente la imperiosa necesidad de estar más cerca de Jeremías. Así que se conecta Skype y pasó mucho tiempo con él como para reconstruir la pared imaginaria que ella considera como la seguridad final.

16:00 (hora de Francia), Carlos Edwards llega al aeropuerto de Le Bourget, donde un avión privado está esperando. Sí, Carlos Edwards no puede escapar de los privilegios debido a su posición en la empresa. Carlos Edwards no se mezcla con la multitud. Todo está listo. Ambos pilotos y presentadora , espera al pie de la aeronave.

Media hora más tarde, en dirección a Moscú. se sirve la cena: una atención especial a bordo. En el menú: caviar, salmón ahumado, Napoleón torta franco-ruso. Un sabor antes de aterrizar en Moscú.

32

Horas más tarde, el Falcón 8X aterrizó en Moscú. Fue un vuelo perfecto. Además, Carlos Edwards sabe la tripulación. Le gusta estar en un ambiente familiar. Esto lo tranquiliza : otra faceta poco conocida de él.

Luego de los trámites simplificados, Carlos Edwards es apoyado por el conductor de la limusina enviada por la dirección del hotel.

Llegada al hotel. Recepción VIP para un cliente importante. Fue llevado en su suite que fue mantenido "sin tocar". La dirección del hotel, se ha mantenido firme en contra de los muchos intentos de Geraldine para obtener el permiso para instalarse en la suite de su prometido antes de su llegada.

Nadie sabe en este momento, donde es Geraldine. El teléfono en su suite no responde. La mayor preocupación de la dirección del hotel, es evitar un posible escándalo dentro de la institución. Ellos no saben lo que son las travesuras de ella, y mucho menos las reacciones que pudieran tener el Sr. Edwards, señalando que el hotel era cómplice de una broma de mal gusto.

Esto ha provocado una mini reunión de crisis en la dirección del hotel, con el fin de decidir si es o no el secreto debe ser revelado. Por último, el secreto debe mantenerse intacto. Orden del consejero delegado.

En consecuencia, Carlos Edwards tomó posesión de su suite, sin dudar por un momento que su prometida se encuentra a pocos metros de él en este espléndido hotel. Además, será necesario saber dónde está la misteriosa novia es.

Magdalena tiene sus sentidos en alerta. Ella está postrada en su cama de matrimonio. Con la llegada de Carlos Edwards en la tarde, el mundo parece sombrío. Ella está presente físicamente, sin estar allí. Ella se niega a ser puesto en la posición de una gacela cuando el león ruge al caer la noche en la sabana. El tormento en el que estaba , perturba ella sin tiene fin ... Ella evita pensar demasiado.

Debido a que es principalmente en el país de sus antepasados. Ella no debe tener miedo. Ella está ahí por una razón: para cumplir con la misión que le ha confiada. Ella quiere evitar convertirse en una locura. Mañana es otro día.

Geraldine aún no está fuera de las sombras . En cuanto a Carlos Edwards, la noche acaba de empezar. Él es un ave nocturna.

33

En su bandeja del desayuno, Carlos Edwards descubre un sobre blanco cerrado, sin ningún tipo de registro. El servicio en la habitación era ya de vuelta a la cocina, así, no le podría preguntar sobre el origen de la carta. Sin embargo, su primer pensamiento fue a Magdalena.

De una mano firme, al abrir el sobre, él pensaba descubre un mensaje de bienvenida por parte de ella. Pero que fue su sorpresa al leer este poema de Virginia Satir, escrito con los pequeños caracteres de imprenta, con tinta púrpura en una cartulina blanca:

« *Je veux t'aimer sans m'agripper,*
T'apprécier sans te juger,
Te rejoindre sans t'envahir,
T'inviter sans insistance ,
Te laisser sans culpabilité,
Te critiquer sans te blâmer,
T'aider sans te diminuer !

Si tu veux m'accorder la même chose,
Alors nous pourrons <u>nous rencontrer</u> et nous enrichir l'un l'autre »

《 *nos encontramos* 》 está subrayado. Él lee varias veces estas dos palabras.

Su primer reflejo fue traer esta cartulina hacia su nariz. El olor que impregna la tarjeta le recuerda nada. Por contra, la tinta púrpura le pone en una pista pero parece improbable por completo a él : De hecho, su prometida

escribe con una pluma en la tinta púrpura. Pero ella está actualmente en Italia. Imposible para él imaginar ella en Moscú. Así que, por falta de pruebas serias y suficiente de la presencia de su novia dentro de este palacio, su primera y única hipótesis: Magdalena!

Él no tiene ninguna relación femenina en Rusia. Incluso no una vieja conquista rusa que habría conocido en París y que ha organizado esta farsa. El misterio permanece.

Si, de acuerdo con su hipótesis, en realidad es Magdalena que escribió esta carta, se parece a nada. La idea que tenía de Magdalena , no permite observar tal comportamiento de parte de ella. Magdalena es una fortaleza inexpugnable, impenetrable y esta repentina duplicación de su personalidad, supuesta o probada, convirtiéndola en una persona capaz de tal descarada audacia, de tal abertura, no puede coincidir con la imagen que tenía de ella. Mas bien lo contrario. Él está convencido. Llegó a Moscú entre otras cosas, para ofrecer una verdadera batalla: obtener favores de Magdalena.

¿Entonces quién?

Por ahora, él debe tomar fuerzas. Él empieza a comer su desayuno, mientras que la preservación de esta carta misteriosa sobre la mesa en su campo de visión.

Su cerebro burbujas. Si por extraordinaria, su hipótesis era cierto, ¿cómo debe comportarse vis-à-vis de Magdalena en las próximas horas, durante su primera sesión de trabajo?

No le gusta la situacion. No le gusta ser cogido sin preparación. No le gustan las conquistas fáciles, con respecto a éste por lo que él ha visto obligado a recurrir a sus reservas para desarrollar su estrategia de conquista. No puede imaginar que, esto podría ser servido en una bandeja tan fácilmente.

No hay duda. Sin embargo, lo que le hace loco y en realidad lo que come desde el interior, no es esta duda (lo cual es comprensible), pero esta certeza que es infundada y socava todo su carácter.

Esta situación increíble tendría apasionada Nietzsche. El hecho de que Carlos Edwards es tan seguro como para creer que Magdalena pudo haber cometido este acto, podría dar lugar a él, un estado cercano a la locura. En ese momento, él es probablemente el único en creer esta tesis. Esto, en el guiño, ha cambiado su juicio y ha afectado a su evaluación acerca de su valioso colaborador, ha debilitado su juicio y ha creado en su mente, un vértigo delirante.

34

En una de las salas de reuniones del hotel :
que es de 10 horas.

Carlos Edwards entró. Magdalena se levanta y
se mueve con rapidez para saludar a su jefe.

- **Magdalena :** *«Buenos días señor.*
¿Ha tenido un buen viaje? »

- **Carlos Edwards :** *« Buenos días*
señora. Si, todo ha ido bien.
¿Está cómodo?»

- **Magdalena :** *«Sí señor. Todo esta*
yendo bien. »

- **Carlos Edwards :** *«Perfecto!*
Perfecto! Como quieres
proceder ? »

- **Magdalena :** *« Como quiera. Te*
podría ofrecer una primera

aproximación a los rusos costumbres y hábitos, que me permite saltar directamente en el baño.....»

- **Carlos Edwards** : « *¿Qué mejor enfoque para fundirse en la población? Le sugiero que me lleve a dar un paseo por la ciudad.* »

- **Magdalena** : *«Es una buena idea de hecho.* »

Durante este breve intercambio, Carlos Edwards no ha dejado de tener en cuenta esta distancia y frialdad que caracteriza a su colaborador. Se reconoce esta triste rostro

que expresa ninguna alegría. La expresión de la cara que tiene el efecto de mantenerlo alejado de ella, y que no tolera la menor indulgencia o consideración benévola.

Y es además, lo que justifica este cara a cara a varios miles de kilómetros de París, durante esta extraña mañana en Moscú.

Parece que la armadura de Magdalena se reforma. Una gruesa armadura que indica que ni su cara ni su alma está dispuesta a una mayor comprensión con respecto para cualquiera, tendría que desee llamar su atención.

El sueño loco de Carlos Edwards en ese momento : por una magia pura, llegar a operar este métarmorphose para reemplazar su frialdad y melancolía en una forma de apertura y aceptación. Pero, ¿cómo domesticar un erizo? ¿Cómo hacer una relación viable con una persona cuyo sello distintivo es su cómoda indiferencia que mata, su incapacidad para dar y su necesidad visceral de la distancia con el otro? El juego no se gana.

Por otra parte, la carta esta mañana no está hecho para simplificar las cosas. De hecho, durante un tiempo, se había sido engañado por falsas ilusiones inducidas por esta certeza de que Magdalena ahora depende de él, allí se enfrenta ahora a la dura realidad frente a uno para el que ha diseñado todo.

ACOSO © Nathanaël AMAH , 2016

35

Cómodamente sentados en el asiento trasero de la limusina grande prestado por la dirección del hotel, Magdalena y su jefe, están visitando las calles de Moscú. Llegó a Moscú con el papel de entrenador, que, ahora que ha cambiado para el sombrero de guía turístico, para comentar paisajes y responder a las numerosas preguntas de su jefe.

Hasta entonces, todo ha ido bien. El almuerzo se toma en un típico establecimiento ruso para un descubrimiento de la gastronomía local.

En un ambiente un poco más relajado, están sentados en un restaurante popular . No hay un área VIP. Pero el servicio bien. Carlos Edwards descubre la verdadera cocina rusa. Ha abandonado todos sus requisitos de cliente VIP, para cumplir estrictamente con las costumbres y tradiciones de Rusia dentro de un restaurante.

- Carlos Edwards : «*Muchas*

gracias !»

- **Magdalena :** *«Gracias por qué, señor? »*

- **Carlos Edwards :** *« Su presentación y comentarios, todo esto es un buen augurio de un buen comienzo de mi inmersión en este país que no sabía antes y que estoy descubriendo, gracias a ti.»*

- **Magdalena :** *«Usted me envió aquí para eso.... »*

- **Carlos Edwards :** *« Sí, pero usted sabe que las circunstancias en que todo esto se ha decidido! ... No ha tenido poder elegir. Todo fue muy rápido ... Y has sido la persona correcta en el lugar correcto. Os felicito .»*

- **Magdalena :** *«No tengo*

ACOSO © Nathanaël AMAH , 2016

ningún mérito. Hablo Ruso y mis hijos están en un internado. »

\- **Carlos Edwards** : *« Ok ! ... Y, ¿qué hacer a lo largo de esas largas noches? Si se me permite preguntarle.»*

\- **Magdalena** : *«... Me encanta leer. »*

\- **Carlos Edwards** :*« ...Como la poesía? »*

\- **Magdalena** : *«En realidad no... y usted?»*

\- **Carlos Edwards** : *« Durante un período sí, me encantó. Yo era miembro de un club de poesía. Pero ahora tengo muy poco tiempo para leer otra cosa que no sea los informes, revistas ... »*

\- **Magdalena** : *« Sí, el peso de los responsabilidades. ...*

Entiendo. Para Navidad, voy a pedir al equipo para contribuir para ofrecer una colección de poemas, si me permite esta iniciativa .....»

El ambiente a pesar de todo, es increíblemente relajado. Magdalena estaba sonriendo. Carlos Edwards también. Pero su cerebro revisa todas las respuestas de su colaborador, a toda velocidad.

Su conclusión es clara: ella no es un amante de la poesía. Al parecer, ella dijo la verdad. Cualquier otra persona hubiera declamado algunos versos cuidadosamente elegidos para impresionar lo. Los amantes de la poesía no

se esconden. Su amor por la poesía siempre termina por desenmascararlos. Pero entonces, si no es ella el autor de la poesía que se encuentra en su plato, ¿quién? El misterio aumenta.

De vuelta al hotel, Carlos Edwards dio el resto de la tarde a su colaborador, antes de verla de nuevo para la cena.

En su suite, descubrió en su mesa de otro sobre con las mismas características que una de esta mañana. Esta vez, él coge el teléfono, marca el número de recepción del hotel, y le pide hablar con la recepcionista. Esto es como encontrar una aguja en un pajar. Nadie es capaz de decir, cómo este sobre aterrizó en su suite. El camarero de terminar su día, así, no hay manera de tener más información sobre el origen de la envolvente de esta mañana.

Después de un breve momento de descanso, que finalmente decidió quitar el sello de el nuevo sobre, sin poder dormir. Como esta mañana, que contiene una tarjeta de Bristol. El mismo escrito en letra pequeña, la misma tinta púrpura, el mismo olor. Y esta vez, un mensaje más enigmático que el poema precioso de esta mañana :

« Estoy decepcionada. Muy decepcionada ... .. me voy con el corazón amargado, lleno de dolor, el alma herida .... Pero no

es su culpa. Te veo pronto.»

La leyó varias veces este nueva tarjeta, tomó de nuevo esta una de esta mañana, y compara las dos escrituras. No hay nada que hacer, es la misma letra, el mismo olor. La única diferencia: no es más un poema, sino una especie de queja vis-a-vis de una persona que no conoce y para quien, el se siente totalmente extranjero.

Carlos Edwards se siente la ira creciente en él. Tenía otra idea de este viaje, que se supone que le traen alegría y serenidad. Pero, ¿cómo mantener la calma cuando se siente vigilado y observado? Sólo veinticuatro horas que llegó, y esto parece una eternidad. Él controla nada. No hay duda de perder terreno. Tampoco hay ninguna cuestión de escándalo, en un país que cultiva la discreción. Es en el interés del éxito de su proyecto en Moscú. No hay manera de perder este asunto. .

Depende del futuro de la empresa y su credibilidad vis-à-vis de su futuro padrastro.

20:00. En el restaurante del hotel. Magdalena

llegó la primera, como un empleado modelo. Ella lleva una falda corta y una blusa de gasa. Su maquillaje es un poco más visible de lo habitual. Esto no es como ella.

Ella sabe que Geraldine está en el hotel. También sabe que se está preparando una sorpresa para su novio. Sin embargo, es un tiempo que ella no la ha visto. Además, Carlos Edwards no mencionó nada acerca de ella. Así que si esta noche es la gran noche, por lo que debe ser alegra para disfrutar del espectáculo.

36

Por desgracia, no fue la gran noche. No Géraldine alrededor. No sorpresa. Aperitivo inútil. Una enorme decepción.

Carlos Edwards se llegó en el restaurante , precisamente, una hora después de que Magdalena. Al parecer, no estaba en su plato. Él parecía preocupado. Aún en estado de shock, le tomó varios vasos de recuperar una apariencia de serenidad. Su rostro no reflejaba su aplomo habitual.

Lo que parecía molestarle más aparte de dos mensajes anónimos es su incapacidad para salir de sí mismo y concentrarse en lo que le estaba sosteniendo la mayor parte de su corazón : Magdalena.

Él tiene que tirarse en la acción, la obtención de resultados concretos y graves, sin tener que dispersar. Él debe intercambiar. Él debe compartir.

¿Intercambiar? ¿Compartir? ¿Esto significa un trato? Pero, de hecho, el intercambio de qué? ¿Compartir que?

Una probabilidad: Magdalena parecía estar en un estado de ánimo seductor. Pero, ¿podría confiar en las apariencias? Una vez más ?

No ! No hay señales de esperanza a su pesar. Ni la más mínima manifestación, ni la más mínima abertura que permite para volver de montar en la silla y crear condiciones favorables para iniciar el desarrollo de su partición cuidadosamente preparada desde varias semanas.

Magdalena, bajo las apariencias favorables a las frivolidades, sigue siendo profesional en todos los sentidos. Y durante la cena, la conversación era exclusivamente preocupados civilización rusa. Al azar : la historia de la industria en Rusia desde las reformas de Pedro el Grande hasta a día de hoy, a través del progreso industrial y comercial, todo lo que era bueno para ella, para evitar que hablara. Era la manera sutil que ella había descubierto que ser bajo un refugio contra los ataques previsibles de su jefe.

Por su parte, Carlos Edwards realmente no

170   ACOSO © Nathanaël AMAH , 2016

está interesado por este flujo continuo de información. Él se limitó a mover la cabeza de vez en cuando, esbozado una sonrisa un poco forzada y, cortésmente escuchar a su interlocutor mientras se ve en vano, los pocos momentos de silencio que le habría permitido, para recuperar el control de la situación.

Fue una noche difícil para él. Ha sido casi dos días que está en suelo ruso con su codiciado colaborador, y nada se está moviendo hacia un acercamiento hipotético.

En principio, Carlos Edwards sobresale en esos momentos cuando todo parece perdido de antemano y desesperado. Pero hay no es peor fortaleza en una mujer que no quiere ser seducida y niega el principio de sumisión ciega. Y además, si esta mujer se opone a una cierta agresividad pasiva, haciendo que su enfoque y la conquista no es fácil, entonces nada puede ser. Nada puede hacerse. Lo que es peor, él debe caer sus ambiciones.

37

Muy mala tarde noche de Carlos Edwards, y como si eso no fuera suficiente, la noche ha sido inquieto y sin fin.

Carlos Edwards, como un cazador regresó en casa de la caza con las manos vacías, y la bolsa vacía, el arma a media asta, se vio obligado a revisar por completo su estrategia básica. Tenía problemas para desvestirse, todos sus movimientos le costó gran esfuerzo, como si sus brazos pesan una tonelada, cada uno. Vagó por todas partes en su suite, antes de decidirse a regresar al cuarto de baño. Las imágenes enviadas de nuevo a él desde todos los espejos, no eran francamente a su favor,la imagen de un gallo de corral. Pero, su cresta es pálida y colapsado. Su plumaje es opaco. Sus ojos están vítreos. Los rasgos faciales se estiran. Parece haber envejecido de repente....Lamentable espectáculo. En lugar de un largo baño relajante, prefería una ducha rápida y descuidada.

A última hora de la noche, la tentación de enviar una llamada a Magdalena, no le ha dejado por un minuto de descanso. No podía encontrar el valor y la determinación para marcar cualquier número de teléfono, incluso la de Magdalena, o como alternativa, el móvil de su prometida en Francia. Lo que para él, es una situación sin precedentes de ser drenado de toda la energía y renunciar tan cerca.. Se quedó dormido en medio de sus archivos, en un estado indescriptible de agotamiento, con la cabeza apoyada cerca de las dos cartas que acaba de leer. de nuevo unos minutos antes.

En la suite de la Magdalena, las cosas fueron de otra manera. Al regresar a su habitación, sintiendo que la situación podría evolucionar de una manera o otra, se quedó con su ropa por un tiempo, sentado en el sofá, en la oscuridad, mirando al vacío, a la espera de la explosión de una bomba. Intuición femenina? El traje perfecto para hacer frente a un último intento de Carlos Edwards? Pero en el fondo, ¿qué puede hacer una falda corta y una blusa de gasa contra el ataque de un hombre febril con el deseo? ¿Cuál es el grado de protección de un atuendo tales? Pero sin saberlo, Magdalena no está en peligro. El gallo no va a cantar esta noche.

Magdalena, finalmente, decide quitarse la ropa, un poco decepcionada, un poco enojada por haber imaginado cosas sin fundamento. Pero inconscientemente, ¿no es más bien la falta de acción de Carlos Edwards, que parece molestar a ella, profundamente? Ella se niega a admitir que tal posibilidad podría cruzar su mente nublada por el champán, por un tiempo. Después de todo, ella se tiene que dar cuenta a nadie.

Largo momento de la limpieza, mientras que la bañera llena de espuma caliente y fragante. Magdalena, el cepillo de dientes en la mano, de pie delante del lavabo, redescubre su cuerpo en el espejo. Ella parece estar fija. Esto dura un tiempo. Sus ojos se deleiten en el contorno de su cuerpo. Pasó todos estos años para ignorar este cuerpo, que no tenía ningún interés, ya sea para ella o para los hombres (según ella), imagen que, ha sido objeto de muchas miradas robadas. Pero después de esta conversación privada especial con su jefe, (gracias a Champan), mientras que ella siempre había sido terco en su negativa a responder a las solicitaciones apenas veladas de Carlos Edwards, se siente un tanto desconcertada frente a la actitud pasiva (al final de la cena) , de la que ella siempre había considerado como un depredador de los cuales se debe tener cuidado por encima de todo. Mediante la observación de este cuerpo (tan poco utilizado por los hombres), no pudo evitar pensar en las oportunidades perdidas. sensaciones extrañas, de hecho, igual a las que la abrumaban antes, delante de su lavabo y coloca ella en la situación de una mujer descuidada y abandonada. En este momento, Magdalena no sabe por qué el deseo de Carlos Edwards repente se derrumbó, y que se convirtió en inexistente. Ella tiene que seguir para

encontrar en él, este espejo lo que vuelve a enviar a ella, la imagen de su propio deseo de seducción.

ACOSO © Nathanaël AMAH , 2016

38

Geraldine muy discretamente, salió del hotel para otro palacio de la capital rusa. Su descuido legendaria, ha dado paso a una especie de ansiedad teñida desconfianza, hacia su prometido.

Si los celos es este estado de ánimo, este sentimiento dentro de nosotros cuando estamos tras la pista de una posible traición que sentimos dentro de nuestro ser, que nos devora a cabo poco a poco, día a día, se convierte en una sensación insoportable. La altura de la idea de la venganza que desarrollamos, puede ser socavado si la supuesta culpabilidad no se ha demostrado. Geraldine está en condiciones de saber desde el principio hasta su compromiso : Carlos Edwards siempre cae de pie. Ella nunca logró atraparlo a cabo a pesar de numerosas alegaciones, confidencias y las advertencias de sus "mejores amigos".

El peor mal proviene de las mejores intenciones, dicen. La intención de Geraldine para unirse a su prometido en Moscú era hermosa y romántica. De hecho, lo que es más bello, lo que es más romántico que vivir por anticipación, su luna de miel. Para ella, que era una gran idea y excitante. Ella planeó diferentes delicias para su pequeño Carlito. Geraldine quería este momento de cercanía e intimidad fuera de Francia, para dar otra visión de sí misma, ella tiene esta mala reputación de niña de papá que se pega a la piel. A ella le gustaría parecer a los ojos de su novio como una mujer muy normal, una mujer enamorada y fiel a su futuro esposo. Había soñado con este momento de silencio cuando sus dos bocas se unirán en un largo, apasionado y profundo beso para celebrar su reunión. Pero el cambio que tuvo lugar en su mente, la elección contra toda lógica para mover a otro hotel en la capital rusa, la hace ver como una persona misteriosa, peligrosa e impredecible. Geraldine, quiere una posición de visualización más cómoda, más discreta, sino también lo que dará a ella, la oportunidad de probar la sinceridad de su prometido. ¿De dónde viene esta idea con ella? La no reacción de Carlos Edwards cuando recibió sus dos tarjetas ? Sus impresiones difusas después de

su discusión informal con el colaborador de su futuro marido? Nada es menos seguro.

Visto desde el exterior, nada podría justificar este cambio. Pero este cambio tan radical, sólo puede ser el resultado de una idea fija y obsesiva que perturba ella en el umbral de su cambio de vida de soltera para acceder a la condición de mujer casada. Esta idea, que la posee y la transformó en una persona misteriosa y sospechosa, hace de ella , una persona odiosa y sin valor. Ella es consciente de eso. Ella sabe que la felicidad, sea lo que sea, venga de donde venga, trae el aire, la luz y la libertad de movimiento. Esta felicidad

que lo asusta en el punto de buscar los medios para echar a pique y poniendo en peligro su confianza en su prometido.

Lo que realmente ha sucedido desde su llegada a Rusia, que ha afectado a su juicio sobre esta felicidad después de lo cual se ejecuta, desde su encuentro con Carlos Edwards? La felicidad, sinónimo del éxito,

del poder, del dinero, de la fama, del reconocimiento, ...

La consecuencia más inmediata de esta actitud desconcertante de la que ella tiene el secreto y que se parece mucho a una temprana desilusión, no se puede explicar únicamente sobre la base de la suerte de sus tarjetas . Sin embargo, un mundo desencantado era totalmente desconocida para ella. El desencanto no es parte de su ADN. Este mundo desencantado, no la puede conducirla hacia su amado y todo lo que sigue. Ella es plenamente consciente de su deseo de felicidad, pero es lo qué sabe muy bien, de donde proviene esta determinación? A partir de un padre, hombre de influencia que ejerce el poder supremo de la vida o la muerte de sus empleados? De una familia muy rica? Desde un prometido, colocado en la misma trayectoria y que es la garantía de la continuidad de una vida social perfecta?

39

Profundamente perturbada tanto por este repentino cambio de sus convicciones, se sintió profundamente dentro de sí misma, Geraldine es sacudida día tras día desde su llegada a Moscú, entre extrañas sensaciones de duda y sospecha, que generando en su interior, un miedo incontrolable que la hace resultan irracionales en su percepción de la felicidad y en su comportamiento.

Maurice Maeterlinck escribió :

«Somos felices cuando hemos superado la ansiedad de la felicidad» .

Geraldine está lejos de completar este largo y difícil proceso de estabilización , para superar este "miedo a ganar" que hace ella loca de preocupación.

A la vez tan cerca y tan lejos de su prometido

en esta tierra de Rusia, tanto tan cerca de tocar esta felicidad para la cual que tanto luchó, y que está a la mano, por Geraldine, cada vez es más difícil mantenerse serena.

Si la felicidad es una pompa de jabón que cambia de color como el iris y que estalla cuando es tocado (7), se ha convertido en un imperativo para ella, dar un paso , atrás un par de semanas antes de la boda, para asegurarse de la realidad y la fuerza de la felicidad lo que parece seguro con Carlos Edwards. Pero es que en el camino correcto cuando comienza a estar en una emboscada

para ver su prometido? Desde el plan inicial (que era organizar una sorpresa para el ser querido), hasta su instalación en el hotel de enfrente, a espiar el sospechoso amante, este giro de 180º, esto cae dentro del misterio completo.

Si se acepta que el miedo a la victoria, lo que hace temblar la mano en el momento de la cosecha, se debe a esta sensación de soledad, cara a nosotros mismos, la fe en nuestra capacidad para ganar o para superar, a veces, es paradójica debido nuestro conocimiento de la posibilidad de un fallo potencial, que no está registrado en la tabla de riesgos potenciales identificados. Aplicado a Geraldine, este modelo no puede ser plausible, dado su "buen nacimiento" con una variedad de cucharas de oro en la boca y en las manos, "buen nacimiento", que tiene todo

lo necesario para compensar cada riesgo potencial de fracaso.

Dicho esto, la mayoría de las ambiciones de Geraldine en el ámbito de la pareja se revisan regularmente hacia arriba, más el nivel de confianza en su juicio está cayendo. Como si ella fuera extranjera a toda la emoción que rodea a su matrimonio, que se califica de "boda del siglo".

Esta extraña sensación de que hace dudar de sí misma, se ajusta a esta idea de que cuando somos amados, confiamos, pero cuando amamos, dudamos de todo.. Es cierto que en la expresión de sus sentimientos hacia ella, Carlos Edwards, siempre hacía el servicio mínimo, simplemente para sobresalir en su papel, como el novio que es codiciado por todas las damas de París. Los viajes en lugares de moda, regalos de lujo, viajes en jet privado, ... una o dos noches a la semana a solas con ella en su apartamento de sus sueños en el hermoso parte de París, un futuro brillante programado dentro de la empresa, todo esto, no coincide más con la idea de que ella tiene sobre la pareja. Todo parece girar ahora alrededor de una idea fija para sorprender a su novio! De Verdad ?

¿Por qué este repentino escepticismo que compromete seriamente la honestidad y la integridad de la novia que todavía reside en el hotel de enfrente? ¿Por qué juzgar la fidelidad de su Carlito venerado en la fe de una emoción sintieron durante un juego tonto de esconder y buscar? Ella estaba tan segura de que Carlos Edwards podría fácilmente descifrar y sin dudar, el contenido de las tarjetas en el que había dejado su rastro olfativo. Ella parece no comprender dos cosas : por qué en un lado, su olor pasó desapercibido por el contrario, ¿por qué Carlos (como siempre), no se ha movido cielo y tierra para conocer el origen de estas tarjetas? Esta doble cuestionamiento molesta ella y mantiene ella en un deslumbramiento.

Sus salidas únicas ahora, se limitan a la cita secreta con el camarero por el cual , se elevó para enviar las tarjetas a Carlos Edwards. Cada cita es invariablemente una decepción cuando el camarero le informa acerca de la no reacción del cliente de la suite 4225.

40

En el hotel de enfrente, la vida sigue. Los preparativos para la llegada del Presidente sitúan dentro de lo planificado. Los cursos de la civilización rusa se aceleran, correo electrónico intercambiado con el equipo (mantenido en París), el día y la noche, la inmersión en el mundo de los negocios, nada se deja al azar.

Magdalena , juega el juego por completo y se encuentra, soñando con su plena integración en el Departamento de Europa. Parece que aprender tan rápido, lo que es imposible creer que se había integrado en este equipo, hay sólo unas pocas semanas. Carlos Edwards está muy impresionado por la seriedad y el compromiso de su nuevo colaborador. Incluso si en un rincón de la cabeza, sigue siendo este deseo de conquista. Su cabeza a cabeza con Magdalena se hace sentir, como momentos privilegiados, en el que cada minuto es muy sentida y apreciada. Carlos Edwards se llegó a bajar la guardia y se entrega un poco más para hablar de su infancia, dividida entre sus dos orígenes: Irlandés y francés, su amor por las artes, su fascinación con las vastas

llanuras de los Estados Unidos, su hermana, que ha muerto por ahogamiento, su necesidad de soledad, su ambición desbordante para el éxito . Actitud deliberada para aparezca más sincero o sólo una técnica de reconciliación, asegurándose de ser mirado como un amigo para que, la confianza puede ser dado sin ningún tipo de reserva y podemos confiar en él como à nosotros mismos? Por su parte, Magdalena sigue siendo igual a sí misma, por la alternancia al mismo tiempo, la frialdad, la distancia y el profesionalismo. Ella no se apartó de su condición de colaborador que impone ciertas restricciones a ella. Ella se

negó en varias ocasiones, la familiaridad sugerida por su jefe, hacia el cual se mantiene contra viento y marea, las palabras formales y respetuosas, cuando habla con él, lo que es desalentador y no alentadores para él. Se impone a sí misma, llamadas regulares a Francia, para mantener con todas sus fuerzas,

la memoria de Jeremías. Ella cree que está protegida por esta comunión quincenal con

Jeremías, que le permite ocupar su mente, al negarse a prestar atención a los mensajes subliminales y actitudes inteligentemente y sutilmente destiladas por su jefe. Incluso, ella rechaza la idea de que el incidente que ocurrió el día anterior, se provoca deliberadamente por él, cuando su muslo ha sido tocado por la mano de Carlos Edwards en un ascensor lleno de gente, descendiendo a la hora de la cena. Intención voluntaria o simples incidente debido a la promiscuidad en el ascensor lleno de gente? Magdalena no quiere hacer la pregunta y no saca conclusiones. Ella se limitó a vivir plenamente en el momento presente, al estar disponible tanto como sea posible, para satisfacer las exigencias de su misión en Moscú, aunque otros incidentes similares han

empañado la tranquilidad que se ha creado y en la que evoluciona de la mejor manera posible.

El día antes de la llegada del presidente, de relevo. Carlos Edwards quería hacer de este día un día de relajación, uno de los últimos días de libertad antes de la gran prisa durante la visita del Presidente y todo lo que se producirán debido a los días ocupados por venir.

Esa es también la última oportunidad antes de un largo tiempo para avanzar en su proyecto de conquista.

Entonces la pregunta ritual desde su llegada a Moscú :

Carlos Edwards : « *¿Qué sugiere para mañana?* »

Magdalena : « *O bien el Museo Pushkin de Bellas Artes , (y si usted no quiere estar confinado), o , podríamos tener un paseo a lo largo del río Moskva.*»

Carlos Edwards : *«Si, Si .. y ¿qué hay de la noche? ¿Qué podríamos hacer para divertirse? »*

Magdalena : « *Creo que sería prudente ir a la cama temprano, dado el día que nos espera mañana.*»

Carlos Edwards : (*muy aburrido*) *« OK, OK, tienes razón. Vamos a ir a la cama con los pollos.»*

Magdalena : « *Museo o caminar paseo?* »

Carlos Edwards *: « ¡Escoger! »*

Magdalena *: « Será el paseo a lo largo del río Moscova ».*

Carlos Edwards *: « Perfecto !!!»*

Magdalena *: « En este caso tendremos el almuerzo en el Radisson Royal Hotel, entonces podemos embarcar en uno de los yates de la flotilla Radisson Royal Moscow para un mini crucero por el río Moskva».*

41

De vuelta en el hotel por la tarde, Magdalena y su jefe se precipitan en el ascensor. Menos gente. Este es el momento en el que los clientes vuelvan a relajarse antes de prepararse para la cena.

Una tarde entera, de varias horas en el río Moskva en compañía de Carlos Edwards, hecho de ella un poco frágil y sentimental. Ella irradia sensualidad. Sus ojos de almendra verde son "todo faro iluminado." Sus labios están secos. Se trata desesperadamente para humedecerlos, pasando la punta de la lengua a su alrededor y mordisqueando nerviosamente. Ella está de pie delante de él como paralizada. ¿Está a la espera de una orden que no viene, que tarda en llegar o que puede no llegar nunca? Un poco como la otra noche antes de su lavabo?

La oportunidad de probar un nuevo intento de reconciliación, o el paso decisivo hacia la realización de una larga lucha? El vacila. Jadea. Él piensa.
Carlos Edwards toca nerviosismo con su pase

de acceso en el bolsillo de su chaqueta. Se trata de adoptar una actitud honorable. Ella hizo lo mismo con la pase de acceso en el bolsillo de su chaqueta. El roce de su falda le hace loco. Su corazón se acelera. Se atreve un paso hacia ella. Él debe tomar las cosas en la mano. El tiempo del juego, del gato y el ratón es terminado.

Ella es consciente de la inminente asalto. Ella no se mueve. El extiende sus brazos. Ella deja a capturar en sus brazos. . El pone la punta de la lengua hasta el borde de sus labios. Ella abre su boca. El empuja la lengua en su boca. Ella cierra los ojos. El suelo se desliza. Ella se aferra a él, ella se aferra con fuerza, ella trata de no perder el equilibrio. Sus uñas están firmemente plantados en sus trapecios, sus senos son aplastados contra su pecho. Su corazón late a 1000 por hora. Pero abrazos cortos. Todo se detiene. Ella abre los ojos. se siente un vértigo que hace vacilar. Ella se esforzó por mantener el equilibrio. Ella trata de mantener poniéndose de pie. Ella recupera poco a poco su ánimo. Se ajusta la ropa. Ella lanzó su pase de acceso de su bolsillo. Después de varios intentos fallidos y torpes, la puerta de su habitación, finalmente, está abierta. Ella corre, dejando a Carlos Edwards en la puerta. La puerta se cierra antes de él. Carlos Edwards, da la vuelta y vuelve a dirigir al ascensor para volver a su piso.

Dentro de su suite, Magdalena se queda un corto tiempo detrás de la puerta, luego se mueve lentamente hacia la cama. Ella se quita sus zapatos, luego se quita su chaqueta. Entonces, con mucha calma, ella se mueve hasta el borde de su cama, mirando hacia la puerta. Sentado en el borde de la cama , ella se mantiene durante mucho tiempo, la mente aturdida, mirando al vacío.

Ella tiene una hora antes de que se recupere, antes de ir a unirse con su jefe en el restaurante del hotel. Por su parte, cuando se puso de nuevo en su habitación, Carlos Edwards ha tenido la desagradable sorpresa de encontrar una nueva tarjeta como es habitual en un sobre cerrado y se coloca sobre la mesa.

Tomó el sobre, lo mira un momento y luego, abre para leer el contenido de la nueva tarjeta . Se puede leer :

ACOSO © Nathanaël AMAH , 2016

« Aimer jusqu'à l'extase, aimer jusqu'au délire,

*Vivre au fond d'un seul cœur, du seul qui nous
soit   cher
Ne trouver de repos que dans l'air qu'il respire,
S'enivrer de silence à son moindre sourire...*

C'était là mon bonheur hier. .....» (8)

Un verdadero galimatías para él, que no tiene tiempo para adivinar. Él todavía está en shock de lo que acaba de ocurrir. Carlos Edwards es bastante aburre de esta situación y la interferencia intolerable que daño de todo su placer. Él está decidido a llevar a cabo su

investigación sobre el origen de las tarjetas, pero por ahora, Magdalena ocupa el centro de sus pensamientos. Se enfrenta a sí mismo, en una extraña sesión de "debriefing". Lo que es seguro, que no se siente desafortunado en la

medida en que él no solía para ver, la derrota de sus planes de conquista, hasta el punto de considerar como una verdadera desilusión, el logro de su esperanza de ser dueño de su colaborador. Mas bien lo contrario. Para él, el éxito llama a otro éxito, y el éxito no es amargo. El sabor de la victoria, sea cual sea el dominio, no es tan malo, y, obviamente, no se limita a participar en una sesión de alegría perpetua, incluso con la satisfacción del mismo. Él todavía no posee ella, debe decir dentro de sí mismo. Pero no importa, el más difícil se hace, de acuerdo con lo que sigue creyendo. ¿Por qué no terminar la conquista de la Magdalena, cuando la situación lo permite todavía? Hubiera bastado para él seguir su colega, antes del cierre de la puerta . Pero no se atrevía. Una victoria demasiado fácil para su gusto, en el punto de dejar la carne de su presa a suavizar aún más antes de

sentarse a comer.? Nada es menos seguro.

42

20:00. Carlos Edwards llega el primero, en el "LOUNGE", (uno de los tres restaurantes del hotel) en el que él tiene sus hábitos desde su llegada a Moscú. Magdalena llega unos minutos más tarde. Última comida a solas antes de la llegada del presidente.

Carlos Edwards: *«Descansada? »*

Magdalena : *«No podía cerrar los ojos. »*

Carlos Edwards *: « Yo tampoco. »*

Siguió un largo silencio. Las caras se centran en los menús. El camarero se acercó a recibir órdenes. vodka doble, crema de espárragos y un plato de queso por Magdalena, y para él, una copa de champán, rodaballo medio cocido con mantequilla de anchoas acompañado de un puré de patatas y una torta "BRANKA MENTA".

Carlos Edwards visible, tiene hambre.

El camarero se aleja.

Carlos Edwards : « *Creo que hemos trabajado bien. Eras perfecta . Has hecho un trabajo fantástico. Vamos a hablar de su futuro en nuestro departamento después de nuestro regreso a París .... Usted sabe, yo creo que ha seducido a todo el equipo. La reaccion del equipo es muy positiva. Usted nos ha permitido evitar una gran cantidad de trampas. No tenía idea de que era tan complicado de hacer negocios con los rusos .... Sí !!!! .... Tal vez una posición permanente en nuestra futura agencia en Moscú? Con obviamente, una posición y beneficios relacionados con las* *responsabilidades que caerán a usted ... .. Por último, hablaremos de ello más tarde. »*

Magdalena : *(con un hilo de voz, evidentemente, en otros lugares)* « *Si, ya veremos. ¡Gracias! »*

Carlos Edwards : *(pareciendo coger el toro por los cuernos)* « De nada !!!! Esto es completamente normal. Usted es un activo valioso para nosotros. No creo que esta posición se podía escapar a usted, a menos que no quiere ser parte de la aventura .... Usted sabe, es puede ser muy gratificante .... Hablé con el Presidente de ello, durante nuestra última llamada telefónica.»*

Magdalena : *(sorprendida)* « De Verdad !! »*

Carlos Edwards : « *Oh si lo hice !!! Estamos estudiando la* *composición del equipo en Moscú. Su posición estará al frente de este equipo. Por último, hablaremos. »*

Magdalena : *« Ok ! »*

Los aperitivos se colocan sobre la mesa.

Carlos Edwards : *(Levantando su copa)*   *« na zdorovje ! »* (9)

Madeleine : *(Levantando la copa en su turno) «na zdorovje ! »* ... *« Buen acento! »*

Carlos Edwards sonríe.

La cena tuvo lugar en un silencio religioso. y sin historia. No se hace referencia a los aspectos más destacados del día. Cada luciendo una hermosa serenidad que en realidad esconde un malestar palpable, evidenciado por las miradas furtivas. Todo el mundo espía el momento en que el otro va a

ACOSO © Nathanaël AMAH , 2016

desenvainar.

Cada uno de ellos se prepara los argumentos necesarios, para eludir o acusar. Los postres son muy esperados. Finalmente llegan. Carlos Edwards ofrece una copa en el piano bar. Magdalena declinado la invitación. Ella se levanta, se despide y sale del restaurante con un paso rápido. Él sigue siendo un momento en la tabla, luego se va a el piano bar. Él pidió una copa de brandy y se instaló en una silla.. Momentos después, el camarero vuelve a él con en la bandeja, dos copas de brandy y un sobre blanco cerrado.

Él se levanta y corre a la barman jefe, con cual el había pasado su fin antes de ir a su asiento. Y en perfecto Inglés, amablemente le preguntó de dónde proviene ese sobre. El barman, muy desconcertado, mirando a través de la sala de bar, en busca de la mujer que acaba de entregar el sobre a él, y que pagó el consumo de Carlos Edwards. Para su sorpresa y muy a su pesar, la misteriosa mujer desapareció. Y, sobre todo, que no se puede describir la misteriosa mujer. No prestó atención a ella, estando convencido de que ella sabía Carlos Edwards.

Vuelve a su asiento, muy molesto por este último episodio de las tarjetas . Durante un tiempo, pensó de Magdalena, pero, ya había investigado sobre ella sin ningún resultado concluyente. Así que decidió quitar el sello de la nueva sobre blanco. La misma cartulina, con la misma letra en mayúsculas, la misma tinta púrpura, pero un nuevo mensaje :

« *... A mes injustes* **alarmes,** *loin d'opposer des froideurs, lorsque tu verras mes larmes, presse ton cœur sur mon cœur* ... » *(10)*

La situación se pone difícil : tan pronto como terminó de leer la nueva tarjeta misteriosa, que vio Magdalena en la entrada del piano bar. Ella se acerca hacia el bar, independientemente de la presencia de su jefe en la sala del bar. Se acomodó en uno de los taburetes del bar, pide un vodka doble. A su lado, un tourrist finlandés que está de visita

en Moscú. La discusión comienza entre ellos. Ella parece disfrutar de ella. Carlos Edwards sigue a la escena de su asiento. Se siente terriblemente mal . Por primera vez en toda su vida, se siente una especie de celos se levanta en él, él, para los cuales, las criaturas más hermosas en París, tire regularmente sus pelos, como las tigresas. Él no quiere ser abrumado por este sentimiento de rivalidad, (casi el odio) hacia la cual, la visión de Magdalena en buena compañía, parece conducirlo. Él está por encima de todo esto. Él es el jefe indiscutible. Una palabra de su boca y ella se encuentra a sí misma en el primer avión con destino a París.. Pero por ahora, la emulsión moviendo furiosamente en el vaso, le impide ver con claridad. Esta emulsión cuyo efecto perverso es despertar los sentimientos de celos entre la gente común. Él no puede ser celoso. Para él, es un sentimiento vil, degradante, despreciable, que no entren en la categoría de gente superior. Él debe seguir siendo digno. Agarró la segunda copa de brandy, sin dejar de mirar hacia el bar donde tronos Magdalena, flanqueada por este finlandés imprudente y temeraria.

43

Después de unos momentos, Carlos decidió volver a su habitación, decidió no asistir a los resultados de este Frente a Frente, insoportable. Un día pesado le espera, con la llegada del presidente. Por lo tanto, es mejor para recuperar sus fuerzas y concentrarse en lo esencial de su misión en Moscú.

Por su parte, Magdalena, después de unas copas de vodka, se ha dado cuenta de repente de lo tarde que era. Ella se despidió y se fue a la cama en su turno.

A la mañana siguiente a las 10 horas. El avión del presidente acaba de aterrizar. Él es bien recibido por sus dos colaboradores que están tratando de quedar bien, a pesar de la brevedad de sus noches. El día será largo: almuerzo de trabajo para una reunión de información completa antes del inicio de las conversaciones con las autoridades rusas.

Buen jugador, Carls Edwards no ha dejado de señalar al Presidente, el trabajo notable de Magdalena en las semanas que han transcurrido, y la posibilidad de que ella integre de hecho, el futuro equipo, instalado en Moscú. Los celos fugaz sintió ayer noche en el piano bar, parece haber desaparecido. La situación no es tan desesperada, y no pierde la esperanza sobre el seguimiento, después de su primer contacto físico con su ayudante.

Ahora, Magdalena está evolucionando hacia un mundo casi paralelo. Es a preguntarse si se da cuenta de la transformación o el solevantamiento que se produce en ella, día tras día desde hace un tiempo. ¿Es un renacimiento en este ambiente de lujo y la vida fácil por lo general reservada a unos pocos privilegiados? Ella aprecia este éxtasis que se siente, en lo profundo de sí misma, y que la hace ver la vida desde el otro lado de la valla, donde este lado, sólo tiene que sólo hay que solicitar, para recibir.

"El cambio de pastos, hace feliz los terneros..", dicen en el Berry (región de Francia). Sin embargo, el cambio de pastos en cuestión, en lo que se refiere a ella, no es tan trascendente para ella. En un pasado reciente, Paul-Emile (su ex), había llevado a cabo una vida similar a su alrededor, pero con el aburrimiento, en adicional. Esto está lejos de ser comparable a este vórtice en el que se sumerge desde su llegada a Moscú. Si hay cambio, no puede, solamente, a afectan a los aspectos material. El día de hoy "Magdalena" es una pálida copia de esta joven mujer, amargada, confundida, disgustada. ¿Dónde están los preceptos buenos y valiosos, inculcados por la abuela Lidia, procedían de las profundidades de su Yakutia nativa? Ella le habría dicho: *«es un pecado lo que acabas de hacer, mi niña! »*. Pero Magdalena no se siente, el mal en su corazón.

Considere este cambio como una gran oportunidad y no como una renuncia cobarde: este es su nuevo credo. Reglas con las que, se trata de corregir su pasado para hacer su presente más soportable

Un presente más soportable? ¿Por qué hacer que sea más soportable? Sin embargo, no es para embellecer, recuerdos lejanos. Estos son los recuerdos de un pasado reciente, que, sin dar la impresión de constituir un regalo del destino, que vienen a sacudir las certezas del pasado y para cambiar las viejas posturas. En cualquier caso, sigue siendo justo en sus botas.

Cualquiera que sea sus planes para su futuro próximo, se niega a ponerse, de antemano, en la situación de la mujer pervertida, que no se detendrá ante nada para conceder a sí misma, la legitimidad del tormento de la mujer fatal. Pero en esta etapa de su reflexión, ella aceptó de buen grado, hacer caso omiso de los absurdos y las contracciones de la sociedad humana y convencional. De hecho, hacer una tortilla sin romper los huevos, se encuentre en la imposibilidad material o es pura magia.

44

Las conversaciones con las autoridades rusas están bajo los mejores auspicios. Sin embargo, el presidente está preocupado porque desde su llegada, no se ha sabido nada de su hija Geraldine. Él se había incluido en el secreto en relación con el famoso "viaje sorpresa", antes de la salida de su hija para Rusia. Y desde su llegada, su hija no se ha manifestado ningún signo. "Silencio de radio", también en el lado de Carlos Edwards. Por lo tanto, para saber más acerca de lo sucedido a su hija, se invita senor Edwards para tomar un aperitivo antes de la cena con todo el equipo entero.

- Françis :*(llevaba una cara seria)* *« ¿Usted ha visto a mi hija? »*

- Carlos Edwards : *(muy sorprendido) «Géraldine ? ... Ella está en París ... ¿No? »*

- Françis : *(sorprendido por su turno) « En París ? Cuando* *regresó? »*

- **Carlos Edwards** *: «
Presidente, no entiendo su
pregunta. Geraldine está en
París. Sé que pasó unos días en
Italia, pero creo que ella es
ahora en París ... ¿No? »*

- **Françis** *: « Yo no me
entienden bien. Ella vino a
Moscú para hacerle una sorpresa
.... No la has visto? »*

- **Carlos Edwards** *:«Les
puedo asegurar, no! »*

Con eso, el presidente lanzó su móvil,
muestra las coordenadas de Geraldine y
marcar su número de llamada. Geraldine no
está disponible. Sólo su contestador
automático.

- **Françis** *:« Es papá, llámame,*

por favor! »

Luego le hizo una seña al camarero.

Unos minutos más tarde, aperitivos se sirven con los otros miembros del equipo.

A lo largo de la cena (se supone que es un momento de celebración y convivencia tras el éxito de la jornada), entre el Presidente y Carlos Edwards, tuvieron intercambios de miradas furtivas que expresan sus preocupaciones acerca de Geraldine.

Pero, al mismo tiempo, en el aeropuerto de Roissy en Francia, un avión de Moscú acaba de aterrizar. A bordo, entre los pasajeros, Geraldine. Ella salta en un taxi y regresó a su casa en St. Cloud.

Gran depresión después de su viaje sin éxito. Ella dijo apenas las buenas noches a su madre (siempre entre dos depresiones), y se va a la cama .

A la mañana siguiente en Moscú, todavía no hay noticias de Geraldine. Reunión de reflexión después del desayuno para preparar la cita del día. A pesar de una apretada agenda, una investigación discreta se llevó a cabo con la dirección del hotel para encontrar rastros de Geraldine. No hay rastro de hecho, en la medida en que la reserva ha sido hecha por la Secretaría de la empresa en el contexto general de las reservas , en la partida presupuestaria del proyecto. Así que no es de

ese lado que debe buscar. Otro intento que terminó en éxito. Geraldine finalmente responde. No está en gran forma, pero Francisco ha logrado hablar con su hija

- Géraldine : *(sin dudarlo.)* *«Hola papá, no quiero casarme, ... más. »*

- Françis : *(aturdido)* *« ¿Qué es esta historia? Lo que ha ocurrido en Moscú? »*

- Géraldine : *(con mucha calma)* « Ya no quiero casar. »

- Françis : *(casi con ira)* « Repito mi pregunta: ¿qué ha sucedido? »

- Géraldine : *(siempre con calma)* « Nada ... ... no veo las cosas de la misma manera que antes .... »

- Françis : *(tiene un gran suspiro de rabia)* « ¿Y ahora qué? Creo que su prometido conozca su decisión! No es ? »

- Géraldine : *(muy vehemente)* « Por encima de todo, no hablar de ello. Se lo diré a mí misma a su regreso en Francia. Yo no le moleste ahora. Bueno ?»

- Françis : *(desencantado)* « Bien, pero pensar cuidadosamente antes de hacer cualquier cosa que te puedas arrepentir .... Volvemos *este fin de semana »*

- Géraldine : *« Sí papá ! »*

- Françis : *(muy ofensivo) « Geraldine, pensar en ello seriamente !!!! Adiós . El descanso y que cuidate mucho. »*

- Géraldine : *« Adiós papá »*

Sacudido por este giro de los acontecimientos, Francis necesita un poco de tiempo para recuperarse antes de comenzar sus citas.

Al ver Carlos Edwards, dijo en un tono lacónico : *« **Sí, ella está en París. Acabo de hablar con ella. Todo esta bien** »*

45

Moscú dos días antes de regresar a París. Últimos offs en concesiones exigidas por las autoridades rusas. ¿Quién se queda? ¿Quien parte? Carlos Edwards volverá a París con el presidente. Magdalena será parte del equipo central que se encargará en los próximos días de la instalación de la filial del grupo en Moscú. Como tal, y porque ella domina los hábitos y costumbres del país, tendrá plena autoridad para negociar lo que queda aún por negociar bajo el control directo de Carlos Edwards. Este día se dedicará a hacer un balance de todos los aspectos comerciales y logísticos: preparación de folletos de ventas, investigación, alquiler de apartamentos, etc .... Todo lo que hay que hacer.

Magdalena se transfiguró. Ella parece haber hecho que durante toda su vida. Ella está hecho para este trabajo. Ella se regocija. Este aspecto de su personaje se revela a la luz. Propuso docenas de nuevas ideas por minuto. Esta filial será su bebé. Ella asegura que todos. Ella controla todo. Ella es una líder.

Sin duda, ella es la elección obvia para el puesto más alto en esta filial.

Carlos Edwards está aseguró.. Desde el punto de vista de la constitución del equipo, todo se ha completado. Los presupuestos son votados, las funciones se definen, calibradas, o para ser llenadas pronto.

Un último frente a frente con Magdalena antes de partir hacia París. Oficialmente una sesión de trabajo, pero en realidad, la oportunidad de comprobar si debería considerar un ritmo más rápido en relación con sus visitas a Moscú. Más en serio, esto es principalmente para aclarar una situación sin resolver y que se quedó en suspenso. Pero es este el momento adecuado? Una verdadera obra de construcción en la sala de reuniones, puesta a disposición del equipo. Hay tanto que hacer hasta el día siguiente, ya que el presidente va a salir de Moscú y que todo debe estar listo para la revisión final. Así Carlos Edwards se atreven a ir a por todas., y llama a su colega, en un parte lado de la sala de reunion. Magdalena , va a la citación. En esta sala, están sentados frente a frente.

ACOSO © Nathanaël AMAH , 2016

- Carlos Edwards : «*¿Cómo está usted? ... Usted siente bien sobre el trato? ... Estará bien ?* »

- Magdalena : « *Sí, las cosas van bien ... Creo que hemos hecho un buen trabajo ... Tengo entendido, lo que hay que hacer a continuación. ... Los procedimientos están en su lugar ... que debería estar bien!*»

- Carlos Edwards : « *Ok, Ok ! .. Sí, pero a nivel personal : sus hijos, su familia ... Usted podría conciliar el hecho de que usted está aquí, y ellos estan alli , ahí abajo, en Francia?*»

- Magdalena : « *Mis hijos están en un internado. Para el fin de semana, van a ir a casa de mis padres, y durante los días de* *fiesta, ellos vendrán a pasar tiempo conmigo, aquí en Moscú.»*

- Carlos Edwards *: « Ok, ... Un novio? Un amigo ? ... »*

- Magdalena *: (cara cerrada)* « *No usted preocupe. »*

- Carlos Edwards *: « ¿Segura?... Escucha, podríamos organizar su tiempo de trabajo con el fin de liberar dos viernes al mes, todos los gastos pagados para volver a Francia . Esto le convenga? »*

Magdalena mira hacia arriba y lo contempló durante un tiempo. Esta mirada, ella tiene el secreto. Lo que desestabiliza a la gente a su alrededor y le permite penetrar el alma de las personas sobre las que se coloca ojos. Ella realmente no entienden el significado de esta repentina preocupación, lo que sugiere que ella es en última instancia, un empleado como cualquier otro.

- Magdalena : *(con mucha calma, y en un tono apenas audible)* « *No tiene nada más que decirme?* »

Carlos Edwards, acaba de recibir la respuesta a su pregunta. Además, ella es la que mostró la parte inferior de su juego de cartas , la primera. Pero es esta la interpretación correcta de lo que él cree que es un arreglo de cuentas?

- Carlos Edwards : *(falsamente sorprendido)* « *What do you mean ?* »

- Magdalena : *(con una cara macilenta.)* «*NADA !*»

46

Último día antes de regresar a París. Noche corta después de la recepción ofrecida por el presidente. El vodka ha fluido libremente. El champán también. Magdalena pasó una muy mala noche. Al contrario, Carlos Edwards lleva una cara sonriente. De hecho, él está contento con el éxito del lanzamiento de la nueva filial del grupo. Y tiene mucho de que enorgullecerse. Su futuro dentro del grupo parece más y más radiante.

Gran desayuno con todo el grupo, el último discurso del presidente, últimas recomendaciones del estimado director del departamento de Europa, atmósfera solemne. Despedidas. Salida hacia el aeropuerto.

Permanecido en Moscú, Magdalena pone orden en su cabeza y regresa de nuevo en la pequeña oficina alquilada en el hotel a la espera de la instalación formal de la filial en sus propias instalaciones. También ella debe encontrar un apartamento para ella y para los dos ingenieros de ventas que tienen que trasladarse a Moscú con sus familias. Por lo tanto, ella no va a estar en el paro los próximos días, entre las encuestas y las traducciones por hacer. Ella aprendió un nuevo oficio. Ella es apasionada, pero esta alegría está teñida con un poco de amargura. Ella no quiere pensar en ello. Ella trata de mantener su mente ocupada, tratando de olvidar lo que ella cree que es un hito en su vida. Básicamente,¿Qué ha pasado? Un beso ? ¿Un abrazo? Sí, pero es que un compromiso? Una promesa ? ¿Manténgase al tanto? Ella quiere entender cómo se cayó en esta trampa en la que se lucha, incapaz de encontrar el punto de apoyo adecuado para extirpar a sí misma. La rápida aceleración de Carlos Edwards le había dejado ninguna posibilidad.

Llegada a París Roissy Charles de Gaulle. Equipaje. Carlos Edwards fue invitado a cenar en St. Cloud.

Saint-Cloud : nueva reunión de las dos tortolitos. Geraldine se ve bien. La cena en silencio, cena marcada por historias de la campaña de Rusia. De vez en cuando, apartes entre el Padre Francisco y su "supuesto" futuro hijo. La madre de Geraldine, como de costumbre, no dice mucho. Después de la cena, Carlos Edwards, multiplica los gestos de ternura hacia su "supuesta" novia. Geraldine juega el juego, nada más. Sin exceso en sus efusiones como de costumbre. El pequeño regalo de Rusia (un par de pendientes, con incrustaciones de piedras preciosas) se aprecia, no más. Carlos Edwards

ofrece una copa en el exterior. Ella acepta. Volver a Saint - Cloud antes de la medianoche.

En Moscú, Magdalena analiza constantemente su correo electrónico, en busca de mensajes (más personal) de su jefe. Eso es más fuerte que ella. Lo que sucede en su corazón, va más allá de su comprensión. Ella busca para ocultar la realidad de una situación que sobrevive más allá de su propia conciencia. Ella tiene sed de esperanza, pero nada puede tener éxito para calmar su sed que si, esto no es el fin de esta espera indefinible e insoportable. Ella hubiera gustado gritar para pedir ayuda, pero como formular un grito si usted no sabe de dónde viene este deseo de gritar?

Ella va hacia abajo en el piano bar: el turista

finlandés, aún vive en el hotel.

47

Sábado por la tarde, dentro de Carlos Edwards apartamento de lujo en París. Géraldine acaba de llegar. Ella había pedido a verlo.

- Géraldine : *« Dime querido, cómo fueron las cosas en Moscú? »*

- Carlos Edwards : *« Muy bien ! ... Más allá de mis expectativas. »*

- Géraldine : *« ¿Ha pensado en mí un poco? .... Sí, lo sé, su proyecto .... Su maldito proyecto !!! ...»*

- Charles Edwards : *(Sorprendido por esta introducción de Geraldine que no estaba a su primera copa de champán del día.) «Qué quieres decir ? »*

- Géraldine : *(después de un largo silencio, mientras que marcha, ampliamente en el apartamento) « Sí sé que usted no tienes más tiempo para mí ..... Usted no tienes el tiempo para leer mis mensajes .... Ya sabes querida, eso no es la forma en que vi las cosas para nosotros. .... Quiero un marido a tiempo completo .... Quiero un marido para quien, soy su único interés ... interesado por mis "pequeños problemas" como tú los llamas ... .. me gustaría ser el centro de su vida ... .. No quiero parecer como mi madre en pocos años ... ¿seguro que quieres casar conmigo? ... Me ... No sé mi Carlito, y si nos detenemos? »*

- Carlos Edwards : *(agotado) « ¡Hola! Hola !!! qué está mal ?.. »*

- Géraldine : *(determinada para vaciar su bolsa.)* *« No ha sido capaz de encontrarme cuando estaba tan cerca de ti ... Eres como los demás, mi pequeño Carlito ...»*

Carlos Edwards se toma de un vértigo que le obligó a abandonar por un momento, la reordenación de su apartamento que estaba haciendo. Se trata de entender : las tarjetas , las preguntas incomprensibles de su futuro padre .... Todo se vuelve claro, de repente.

- Carlos Edwards : *« Usted estaba en Moscú, al mismo tiempo que yo? »*

- Géraldine : *« Oh, sí antes de llegar allí .... Y en el mismo hote Señor !!! .... pero estaba demasiado ocupado para verme ... Eras tan ocupado que ni se dio* *cuenta mi perfume !!! ... Este perfume que le gusta y se habría dado cuenta entre mil .... Por lo menos, eso es lo que pensé .... »*

- Carlos Edwards : *« Me declaro culpable tu honor ... ¿estás contenta? ... ¿Qué es lo que quiere: Todos estábamos de la nariz a la muela. .... ¿Se puede entender eso? ... Pero, en realidad, ¿cómo se puede llegar a acusarme de indiferencia mientras estoy en mi trabajo? ... Y sin este trabajo por el cual estoy totalmente implicado y de la que soy fiel, ¿cómo cree que le puedo garantizar el mínimo al que usted aspira? .... Sea seria un minuto! .... Y es por eso que desea romper nuestra relación? ... Deja de ser egoísta ... Si desea poner fin a nuestro compromiso, por favor, encontrar otra razón ... No venga a* *abrumarme con sus infantilismos.»*

- Géraldine : *(indignada, herida, las lágrimas en los ojos)* «

INFANTILISISMOS?

Oh !!!!!!»

- Carlos Edwards : *(muy enojado)* *« Sí, ¿cómo quieres llamarlo? Es intolerable, esta manera se utiliza para ponerse en la piel de una víctima ... Y, en ese caso, puedes imaginar toda la energía que he pasado en este proyecto? ... Me acabo de volver a casa, y ya todos lo que usted encuentra que hacer es venir a amenazar con romper? ... ¿De verdad quieres parar? Así que no dude en hacerlo. No te preocupes por mi. Haz lo que tengas que hacer !!!»*

- Géraldine : *« Carlos, Te dejo !!!! »*

FIN.

Referencias

(1)   Según François Mauriac

(2)   Último término cariñoso usado por la madre Rusia para   nombrar a su hijo, y para mostrar su amor.

(3)   Según Alain.

(4)   « ¡Abuelita! Ese soy yo, tu pequeña Magdalena ».

(5)   SPINOZA , letter to Schuller , 1674

(6)   «   Le présent n'est pas un passé en puissance, il est le moment du choix et de l'action» (Simone de Bauvoir).

(7)   Honoré de Balzac

(8)   loving complaint , of Edouard Turquety (1833)

(9)   « Cheers !!! »

(10)   jealousy , of Adélaïde-Gillette Dufrénoy (1813)

Editor: BOD-Books on Demand,
12/14 rond point des Champs
Elysées, 75008 París, Francia
Impresión: BOD-Books on
Demand, Norderstedt, Allemania
ISBN: 9782322095681
Depósito Legal: julio 2016